Josef F. Justen

Sterbegleitung
mit
Rollentausch

AF221050

Erzählung

*Wenn du als Begleiter
vor einem Sterbenden stehst,
hält der Verstand an.*

*Du wirst vollkommen gegenwärtig
im Hier und Jetzt,
und eine unendlich viel größere Kraft
übernimmt die Führung.*

*Deshalb gibt es so viele Berichte
von ganz normalen Menschen,
die in einer solchen Situation
plötzlich ganz richtig und unglaublich
mutig handeln konnten.*

frei nach **Eckhart Tolle**

Josef F. Justen

Sterbebegleitung
mit
Rollentausch

E r z ä h l u n g

Bibliografische Information der Deutschen Nationalbibliothek:
Die Deutsche Nationalbibliothek verzeichnet diese Publikation
in der Deutschen Nationalbibliografie; detaillierte bibliografische
Daten sind im Internet über dnb.dnb.de abrufbar.

© 2020 Justen, Josef F.

Titelfoto: Foto auf pixabay

Herstellung und Verlag:
BoD – Books on Demand, Norderstedt

ISBN: 9783751958110

Monika Wehrmann lebt seit zwei Jahren in einem Alten- und Pflegeheim im Ruhrgebiet.

Sie ist eine gebildete und belesene Frau mit langen schneeweißen, zu einem Zopf geflochtenen Haaren. Aufgrund ihrer zierlichen Statur wirkt sie fast ein wenig zerbrechlich. In Anbetracht ihrer fast 80 Lenze ist sie geistig noch erstaunlich rege und wach und an allem, was das Leben ausmacht, interessiert.

Nur ihre körperliche Hülle spielt seit Jahren nicht mehr so recht mit. Mit zunehmender Zeit fiel ihr das Gehen – selbst mit ihrem Rollator – immer schwerer, so dass sie kaum noch in der Lage war, ihre Wohnung, in der sie seit dem Tod ihres Mannes allein wohnte, in Schuss zu halten.

So entschloss sie sich vor zwei Jahren, ihre Bleibe aufzugeben und in ein Altenheim zu ziehen, in dem sie ein schmuckes Zweibettzimmer bewohnt.

Außerdem litt sie seit geraumer Zeit an einer Krebserkrankung, die ihr aber zunächst nicht sehr zu schaffen machte.

Frau Wehrmann hatte sich relativ schnell in ihr Schicksal gefügt und fühlte sich in dem Heim recht wohl – so wohl, wie man sich in einem Heim eben fühlen kann.

Was ihr aber sehr fehlte, waren Gespräche mit anderen Menschen. Ihre Mitbewohnerin war vor einigen Monaten gestorben. Seitdem ist das Bett nicht mehr belegt worden. Und die Pflegekräfte haben einfach nicht die Zeit, länger mit den Patienten zu reden. Mit dem Besuch von Verwandten oder Freunden konnte Frau Wehrmann auch nicht rechnen. Ihr Mann war schon vor einigen Jahren gestorben. Ihr Sohn lebte in Süddeutschland. Außerdem pflegten die beiden kein sehr gutes Verhältnis. Ihre Brüder waren schon lange tot. Auch die meisten ihrer Freundinnen waren schon gestorben oder hochgradig dement. Auch mit den anderen Bewohnern des Heimes, die sie hin und wieder im Aufenthaltsraum oder in den Außenanlagen traf, kam es nur selten zu fruchtbaren Gesprächen.

Unter dieser Einsamkeit litt Frau Wehrmann sehr.

Eines Tages kam ihr eine Idee: Sie hatte schon von der Hospizbewegung gehört und wusste, dass schwerkranke und insbesondere sterbende Menschen bei einem Hospizverein um eine Begleitung bitten können. »Dann hätte ich ja einen Gesprächspartner, der mich regelmäßig besucht und mit dem ich mich austauschen kann«, dachte sie.

Eilig griff sie nach ihrem Smartphone, das schon ein wenig in die Jahre gekommen war, und suchte im Internet nach der Telefonnummer des zuständigen Hospizvereins.

Doch dann hielt sie inne: »Wenn ich da jetzt selbst anrufe, denken die vermutlich, ich sei noch viel zu gesund, um Anspruch auf eine Sterbebegeleitung zu haben.« Somit schien es ihr ratsam, die Stationsleiterin, Frau Handtke, um diesen Anruf zu bitten, was diese auch gerne tat.

Kurz darauf kam Frau Handtke zurück und sagte: »Ich habe soeben mit Herrn Altmann, dem Einsatzleiter des Hospizvereins, gesprochen. Er wird Sie vermutlich noch heute oder spätestens morgen aufsuchen und alles Weitere mit Ihnen besprechen.«

Am nächsten Tag klopfte so gegen 17 Uhr jemand an ihre Tür. »Herein, wenn's nicht der Tod ist«, sagte Frau Wehrmann laut und deutlich, so dass es der Besucher nicht überhören konnte.

Ein älterer Herr trat ein und begrüßte sie, wobei er sich ein Schmunzeln wegen der ungewöhnlichen Formulierung, mit der er hereingebeten wurde, nicht verkneifen konnte: »Guten Tag Frau Wehrmann! Sie haben ja einen köstlichen Humor! Mein Name ist Walter Altmann. Ich bin der Einsatzleiter bzw. Koordinator des hiesigen Hospizvereins. Sie haben um eine Sterbebegleitung ersucht. Gerne möchte ich Sie heute ein wenig kennenlernen, um dann entscheiden zu können, welche Dame oder welchen Herrn ich Ihnen als Begleiter schicken werde.«

Die beiden machten ein paar Minuten Smalltalk. Herr Altmann schaute sich dabei ein wenig in dem Zimmer um. Sein Blick blieb an einem alten Bücherregal aus Eiche haften, in dem sich gut hundert Bücher befanden, vorwiegend klassische Literatur: Werke von Goethe, Schiller, Lessing – um nur einige zu nennen. »Sie haben ja eine richtige kleine Bibliothek. Haben Sie die Bücher alle gelesen?«

»Diese Bücher bilden nur einen Bruchteil derer, die ich in meinem Leben gelesen habe. Die meisten Bücher konnte ich nicht mit ins Heim nehmen, weil der Platz fehlt. Aber von diesen und dem alten Regal konnte ich mich nicht trennen. Es sind die einzigen *äußeren* Dinge, die aus meinem Leben übrig geblieben sind.«

Dann schilderte Frau Wehrmann ein wenig über ihre Krankheit und die Einschränkungen, die sie dadurch in Kauf nehmen musste. Diese kurze Unterhaltung war für Herrn Altmann hinreichend, um erkennen zu können, dass die Patientin bei klarem Verstand, sehr redselig und mit gesundem Humor gesegnet war.

»Was erhoffen Sie sich in erster Linie von einer Begleitung?«, wollte der Einsatzleiter wissen.

»Das Schlimmste an meiner Situation ist die Einsamkeit. Mir fehlen einfach Menschen, mit denen ich mich austauschen kann, mit denen ich reden kann.«

»Das ist ja auch ein ganz wichtiger Aspekt einer Begleitung schwerkranker oder sterbender Menschen, dass die Patienten jemanden haben, mit dem sie reden können, dem sie alles anvertrauen können und der ihnen hilft, ihnen ihre Ängste zu nehmen.«

»Also, Angst habe ich eigentlich keine! Und ich würde mich auch noch nicht unbedingt als ›Sterbende‹ bezeichnen. Wie schon erwähnt – mir ist die Kommunikation mit anderen Menschen ein großes Bedürfnis. Die Heimmitarbeiter haben aus verständlichen Gründen viel zu wenig Zeit, um mit den Bewohnern zu reden. – Ich weiß nicht, ob ich in meinem Fall überhaupt einen Anspruch auf eine Begleitung habe, da ich noch nicht im Sterben liege.«

»Da machen Sie sich mal keine Sorgen, liebe Frau Wehrmann! Es spielt im Grunde keine Rolle, ob wir es ›Sterbebegleitung‹ oder ›Besuchsdienst‹ nennen. Ich werde Ihnen auf jeden Fall jemanden schicken. Ich weiß auch schon wen! Der Herr, den ich im Auge habe, heißt Hans-Günter Huth. Er ist ein netter, empathischer und sehr humorvoller junger Mann, mit dem Sie ganz gewiss wunderbar plaudern können. Er wird in den nächsten Tagen seinen Antrittsbesuch bei Ihnen machen.«

»Das ist ja prima! Ich freue mich. Haben Sie vielen Dank, Herr Altmann!«

Die beiden sprachen noch eine Weile über dieses und jenes. Dann fragte Herr Altmann: »Wie ist es eigentlich um Ihre Schmerzen bestellt? Vielleicht haben Sie schon mal von der Palliativ-Medizin gehört. Ich könnte Ihnen einen unserer Palliativärzte vorbeischicken, damit er Sie näher untersucht und eine Schmerzmedikation vornimmt.«

»Die Palliativ-Medizin und ihre Aufgaben sind mir durchaus ein Begriff. Aber meine Schmerzen sind derzeit sehr gut zu ertragen. Also, im Moment brauche ich noch keine Schmerzmittel. Sollte es schlimmer werden, komme ich gerne auf Ihr freundliches Angebot zurück.«

Nach einer guten halben Stunde verabschiedeten sich die beiden.

Herr Altmann war von der alten Dame ganz angetan. Noch nie hatte er eine knapp 80-jährige, pflegebedürftige Frau erlebt, die einen so strukturierten Eindruck erweckte, so gewählt und flüssig sprach und so geistesgegenwärtig war.

Frau Wehrmann freute sich sehr über die Zusage, ihr Herrn Huth zu schicken. Sie sehnte seinen Besuch geradezu herbei.

Am nächsten Tag begab sich Hans-Günter Huth auf den Weg zum Heim, um Frau Wehrmann seinen Erstbesuch abzustatten.

Der 41-Jährige hatte erst vor wenigen Monaten seine Ausbildung zum Hospizhelfer abgeschlossen und konnte bisher nur auf die Erfahrungen aus einer einzigen Begleitung zurückblicken. So war er doch recht nervös und etwas unsicher.

Er klopfte an die Zimmertür und vernahm ein »Ja bitte, herein!« Beschwingten Schrittes, mit dem er seine Nervosität ein wenig zu überspielen versuchte, ging er auf Frau Wehrmann, die in ihrem Bett lag, zu und begrüßte sie: »Guten Tag, Frau Wehrmann! Mein Name ist Hans-Günther Huth vom Hospizverein. Unser Einsatzleiter, Herr Altmann, hat mich auserkoren, Sie von nun an regelmäßig zu besuchen. Ich freue mich sehr auf unsere Begegnungen.«

»Einen schönen guten Tag, Herr Huth! Nehmen Sie doch bitte Platz. Ich freue mich, dass Sie da sind. Ich habe gar nicht damit gerechnet, dass so schnell jemand mich besuchen würde. Das ist ja prima! Also, seien Sie mir willkommen.«

Herr Huth war angenehm überrascht, wie aufgeräumt, gut gelaunt und beredt seine Patientin war. Das hatte er bei seiner ersten und bisher einzigen Begleitung ganz anders erlebt. Er setzte sich auf den angebotenen Stuhl und sagte: »Es ist uns immer ganz wichtig, Besuchswünsche so schnell wie möglich zu erfüllen. Meistens gelingt das auch.«

Während er seine Blicke ein wenig durchs Zimmer schweifen ließ, schien er geradezu danach zu suchen, was er ihr Gutes angedeihen lassen könnte. So nahm er denn ihre Hand und meinte mit mitleidsvoller Mine: »Na, Frau Wehrmann, wie geht es uns heute denn so?«

Frau Wehrmann fand sowohl die vertrauliche Geste als auch diese Frage etwas sonderbar, zumal sich die beiden erst seit wenigen Minuten kannten. Außerdem nervten sie solche Fragen in der »Wir-Form« immer ganz gewaltig. Den Pflegerinnen, die sie betreuten, hatte sie diese Unsitte schon ausgetrieben. Auch jetzt machte sie keinen Hehl daraus, dass ihr die Frage missfiel. »Da ich nicht weiß, wie es Ihnen geht, kann ich nicht sagen, wie es *uns* heute geht. Aber falls Sie wissen wollen, wie es *mir* geht, so kann ich sagen: gut!«, sagte sie ein wenig bissig.

Herrn Huth wurde sofort klar, wie unsinnig seine Frage war und sagte: »Sorry, das ist so eine dumme Angewohnheit von mir.«

»Es ist nie zu spät, sich eine dumme Angewohnheit abzugewöhnen, insbesondere dann, wenn man noch so jung ist wie Sie!«, meinte Frau Wehrmann mit einem gequälten Lächeln.

Dieser Auftaktdialog war natürlich nicht gerade dazu angetan, Herrn Huths Unsicherheit zu überwinden. Man konnte mit Händen greifen, wie er um ein passendes Gesprächsthema rang. Nach gefühlten Minuten nahm er das Smartphone wahr, das auf Frau Wehrmanns Nachtschränkchen lag.

»Sie haben ja ein tolles Smartphone! Kommen Sie damit zurecht?«

Frau Wehrmann sah ihn ziemlich verständnislos an und meinte: »Ja, warum denn nicht? Nur weil ich alt bin, heißt das ja nicht, dass ich zu dumm für so etwas wäre!«

Wieder hatte Herr Huth in ein kleines Fettnäpfchen getreten. Um das Gespräch noch zu retten, fragte er: »Ich finde das prima, wenn auch etwas ältere Menschen noch mit der Technik gehen. Wozu nutzen Sie Ihr Smartphone? Was machen Sie alles damit?«

»Nun, zunächst einmal nutze ich es zum Telefonieren. Dann surfe ich natürlich auch viel im Internet. Man will ja schließlich informiert sein. Hin und wieder schaue ich mir auch Videos an.«

Herr Huth, der sehr technik-affin war, fühlte sich jetzt ganz in seinem Element. Nun sprudelten die Fragen nur so aus ihm heraus: »Das ist ja toll! Fotografieren Sie auch? Haben Sie schon mal auf diesem Kanal geschaut und kennen Sie schon jene App?«

Frau Wehrmann bremste ihn: »Nein, dieser Schnickschnack interessiert mich nicht! Den brauche ich nicht! Ich habe Ihnen ja gesagt, wozu ich mein Handy benutze. Für alles andere brauche ich es nicht. Aus dem Alter bin ich raus!«

Es dauerte wieder eine Weile, bis sich Herr Huth von diesem kleinen Seitenhieb erholte. Noch bevor er dazu kam, eine weitere Frage zu stellen, fragte Frau Wehrmann: »Was hat Sie eigentlich dazu bewogen, diese schöne und wichtige Aufgabe in der Hospizarbeit zu übernehmen?«

»Als meine Mutter vor einigen Jahren starb, bin ich erstmals hautnah mit dem Thema ›Tod‹ in

Berührung gekommen. Sie wurde in ihren letzten Lebenswochen von einer netten Dame vom Hospizverein begleitet. Das hat ihr sehr gutgetan. Die Begleiterin war ihr eine große Stütze. Daraufhin kam mir erstmals der Gedanke, mich auch in der Hospizarbeit zu engagieren.«

»Ja, das ist wirklich eine wichtige und schöne Aufgabe. Man kann allen Menschen, die so etwas machen, nur den allergrößten Respekt zollen. Sie, lieber Herr Huth, haben den meinigen. Haben Sie schon viele Menschen in ihrer Sterbephase begleitet?«

Herr Huth wollte nicht preisgeben, dass er erst über geringe Erfahrungen in der Sterbebegleitung verfügte, und so meinte er nur: »Ja, schon einige.«

Dann geriet das Gespräch erneut ins Stocken. Schließlich meinte Herr Huth: »Was halten Sie davon, wenn ich Sie in Ihren Rollstuhl setze und wir in den Garten gehen?«

»Das ist keine so gute Idee! Schauen Sie mal aus dem Fenster. Es regnet in Strömen.«

»Ja, Sie haben natürlich recht. Ich habe es gar nicht bemerkt.«

»Was sind Sie von Beruf?«, fragte Frau Wehrmann, um ein Gespräch in Gang zu setzen.

»Ich bin Verkäufer in einem Autohaus.« Herr Huth erzählte ein wenig aus seinem Berufsalltag, was Frau Wehrmann aber nur marginal interessierte.

Schließlich meinte er: »Ich kenne ein paar ganz tolle Witze. Ich könnte Ihnen einige erzählen.«

Frau Wehrmann hatte es nie sehr geschätzt, Witze zu erzählen oder sich anhören zu müssen, zumal sie die meisten, die sie kannte, weder für lustig noch für erzählenswert hielt. Sie wollte ihren Besucher aber nicht brüskieren, und so rang sie sich ein »Von mir aus, wenn Sie unbedingt möchten!« ab.

Dann legte Herr Huth los. Frau Wehrmann hörte sich den ersten Witz, der sich hier nicht lohnt wiedergegeben zu werden, mehr oder weniger gelangweilt an und hielt es auch nicht für nötig, bei der Pointe zu lachen.

»Der war aber recht flach! Außerdem kannte ich ihn schon. Lassen Sie es gut sein!«

»Nein, einen muss ich Ihnen noch unbedingt erzählen. Der ist wirklich ganz toll.«

»Na gut!«

»Der amerikanische Präsident Donald Trump stirbt. Petrus führt ihn zu Gott, der auf seinem Thron sitzt. Gott spricht: ›Nun, mein Sohn, wie hast du dein Leben genutzt? Was hast du Gutes getan?‹ – Trump antwortet: ›Hör mal genau zu, guter Mann! Erstens bin ich nicht dein Sohn, zweitens geht dich das nichts an und drittens sitzt du auf meinem Stuhl!‹ «

Frau Wehrmann schmunzelte. »Dieser Witz ist nicht schlecht, aber uralt. Er wurde schon vor einigen Jahrzehnten in sehr ähnlicher Form erzählt. Natürlich ging es damals nicht um ›Donald Trump‹, sondern um ›Franz-Josef Strauß‹. Aber er passt für jeden selbstgefälligen Politiker.«

Herr Huth freute sich, dass dieser Witz einigermaßen gut ankam, und meinte: »Jetzt möchte ich Ihnen noch meinen absoluten Lieblingswitz erzählen. Darf ich?«

»In Ordnung! Aber danach lassen Sie es dann gut sein.«

»Drei evangelische Pfarrer sitzen beieinander und unterhalten sich. Zwei beklagen, dass sich im Dachgebälk ihrer Kirchen so viele Tauben eingenistet hätten und alles verdrecken würden. Der eine meinte: ›Ich werde mit dem Problem nicht fertig. Neulich habe ich Gift ausgestreut, aber die Biester sind so klug, dass sie das Zeug nicht anrühren.‹ ›Auch ich habe schon einiges unternommen. Erst letzte Woche habe ich meinen Kirchendiener beauftragt, ihnen mit einer Schrotflinte den Garaus zu machen. Aber er hat keine einzige erwischt‹, sagte der andere. Der Dritte schmunzelte und sprach: ›Bei mir ist das Problem gelöst!‹ ›Wie um alles in der Welt haben Sie das geschafft?‹, wollten die beiden anderen wissen. ›Ganz einfach: Ich habe sie erst getauft und kurze Zeit später konfirmiert. – Danach sind sie weggeblieben.‹ «

Frau Wehrmann lachte lauthals: »Das ist der beste Witz, den ich seit langem gehört habe. Er bringt das Problem, das die Kirchen heute haben, auf den Punkt. Bis zur Konfirmation gehen die meisten

Jugendlichen noch fleißig in den Gottesdienst. Wenn sie dann langsam erwachsen werden, wollen sie mit der Kirche nichts mehr am Hut haben. – Oh, entschuldigen Sie bitte, das sollte keine Anspielung auf Ihren Namen sein.«

Herr Huth war sehr erleichtert und erfreut, seine Patientin mit diesem Witz zum Lachen gebracht zu haben. Nun fragte er ganz selbstsicher: »Was kann ich jetzt noch für Sie tun, Frau Wehrmann?«

»Es wäre sehr schön, wenn Sie mir etwas vorlesen könnten. Meine Augen ermüden beim Lesen immer recht schnell. Außerdem fällt es mir schwer, die dickeren Bücher lange in den Händen zu halten.«

»Ja, sehr gerne! Aus welchem Buch soll ich Ihnen vorlesen. Es sind ja offensichtlich genügend da!«
»Ich habe schon seit einigen Wochen nicht mehr die Bibel zur Hand genommen. Es wäre schön, wenn Sie mir ein wenig aus der Heiligen Schrift vorlesen würden.«

»Ja, selbstverständlich! Was genau soll ich Ihnen vorlesen?«

»Beginnen Sie bitte mit dem Prolog aus dem Johannes-Evangelium.«
Frau Wehrmann gab Herrn Huth ihre Bibel, die sie in ihrem Nachtschränkchen aufbewahrte.

Herr Huth suchte die gewünschte Stelle. An seiner umständlichen Suche erkannte Frau Wehrmann sofort, dass er die Bibel wohl noch nicht oft in der Hand gehalten hatte. Schließlich schlug sie ihm die richtige Seite auf.

Herr Huth begann: »*Im Urbeginne war das Wort, und das Wort war bei Gott, und ...*«

Die Art und Weise, wie er las und wie er oft die Betonung an der falschen Stelle setzte, nahmen der Patientin das Vergnügen zu lauschen. Nach einigen Minuten sagte sie: »Lassen Sie es gut sein. Vielen Dank!«

Frau Wehrmann war längst offenbar geworden, dass der junge Mann nicht der Person entsprach, die sie sich als Gesprächspartner gewünscht hatte. Sie überlegte, wie sie ihm das mitteilen könnte, ohne ihn zu verletzen.

Dann fasste sie sich ein Herz: »Lieber Herr Huth! Sie sind ein netter und freundlicher junger Mann. Ich schätze es sehr, dass sie sich um andere Menschen kümmern. Auch ich habe mich über Ihren Besuch gefreut. Aber ich kann mich des Eindrucks nicht erwehren, dass jeder von uns doch wohl etwas andere Vorstellungen mit dieser Begleitung verknüpft hatte.«

Herr Huth, dem auch schon klar geworden war, dass er wohl nicht der richtige Begleiter für Frau Wehrmann ist, war ganz erleichtert: »Ja, das haben Sie auf den Punkt gebracht! Ich sehe es genauso wie Sie. Wenn Sie es wünschen, werde ich Herrn

Altmann bitten, dass er einen anderen Herrn oder eine andere Dame zu Ihnen schickt.«

»Das ist sehr freundlich von Ihnen. Aber ich möchte gern selbst mit Herrn Altmann sprechen. Ich werde ihn morgen kontaktieren. – Also, nochmals vielen Dank für Ihren Besuch und für den fabelhaften Witz mit den Pfarrern und den Tauben! Machen Sie es gut! Ich wünsche Ihnen, dass Ihr nächster Patient etwas pflegeleichter ist, als ich es bin. Auf Wiedersehen, Herr Huth!«

Herr Huth gab ihr die Hand und verabschiedete sich. Immerhin hatten es die beiden fast zwei Stunden miteinander ausgehalten.

Monika Wehrmann wollte den Besuch erst noch ein wenig sacken lassen.

Auch an den beiden folgenden Tagen hatte sie ihre Meinung nicht geändert: Herr Huth und sie – das passte einfach nicht zusammen. Da sollte er lieber seine Zeit für einen anderen Patienten nutzen, den er mit seiner Art erfreuen könnte. Es quälten sie allerdings leichte Gewissensbisse, dass sie ihm vielleicht etwas zu schroff gesagt haben könnte, dass sie keine weiteren Besuche von ihm wünsche.

Am Tag darauf griff sie zu ihrem Smartphone, suchte nochmals nach der Telefonnummer des Hospizvereins und rief an. Da Herr Altmann gerade im Büro war, ging er selbst ans Telefon.

»Hallo Herr Altmann! Hier spricht Monika Wehrmann.«

»Guten Tag, Frau Wehrmann. Ich habe schon mit Ihrem Anruf gerechnet. Herr Huth hat mir bereits mitgeteilt, dass Sie beiden nicht so gut zurechtgekommen sind. Das tut mir leid.«

»Ja, mir tut es auch leid. Herr Huth ist wirklich ein netter junger Mann, aber irgendwie hat es zwischen uns nicht so gepasst. Richten Sie ihm unbedingt aus, dass ich mich nochmals bei ihm für seinen Besuch bedanken möchte und dass ich ihm alles Gute wünsche!«

»Das werde ich gerne tun. – Ich hatte im Vorfeld auch schon ein wenig die Befürchtung, dass Herr Huth nicht so ganz der richtige Begleiter für Sie sein könnte. Schließlich ist er noch sehr jung und recht unerfahren. Möchten Sie, dass ich Ihnen einen anderen Hospizhelfer schicke?«

»Wenn es nicht unverschämt ist, nochmals um einen Gesprächspartner zu ersuchen, so möchte ich herzlich darum bitten.«

»Das ist doch nicht unverschämt! Es kommt gar nicht einmal so selten vor, dass Patient und Begleiter nicht miteinander zurechtkommen. Selbstverständlich werde ich Ihnen wieder jemanden schicken. Wenn Sie mit dem nicht klarkommen, werde ich Ihnen auch einen Dritten schicken. Das ist gar kein Problem. – Ich glaube, dass ich dieses Mal eine bessere Wahl getroffen habe. Es ist eine

Dame, die auch vom Alter her besser zu Ihnen passt. Sie heißt Christina Schwarz und ist schon seit über zwanzig Jahren in unserem Verein engagiert. Ich schätze, dass sie schon nahezu hundert Menschen betreut hat.«

»Das hört sich gut an. Wann darf ich mit ihrem Besuch rechnen?«

»Ich muss noch mit ihr reden. Aber ich gehe davon aus, dass Frau Schwarz in den nächsten Tagen bei Ihnen erstmals vorbeischauen wird. Also, machen Sie es gut, liebe Frau Wehrmann!«

»Ja, Sie auch, Herr Altmann! Auf Wiederhören.«

Zwei Tage später besuchte Frau Schwarz erstmals ihre neue Patientin.

Während der Begrüßung schauten sich die Damen lange in die Augen. Irgendwie war beiden vom ersten Augenblick an klar, dass die Chemie zwischen ihnen stimmte.

»Ich freue mich, dass Sie gekommen sind, Frau Schwarz. Ich habe Herrn Altmann gebeten, mir eine andere Person zu schicken. Herr Huth ist ein netter Kerl, aber ich konnte mit ihm nicht allzu viel anfangen. Das mag seiner geringen Lebenserfahrung geschuldet sein«, sagte Frau Wehrmann.

»Ich freue mich auch, dass wir uns jetzt öfters sehen werden. Ich bin davon überzeugt, dass wir gut miteinander auskommen werden.«

Anschließend unterhielten sich die beiden noch ein wenig über banale Dinge, wie man das eben so macht, um mit einem fremden Menschen etwas warm zu werden.

Dann stellte Frau Schwarz eine erste ernste Frage: »Wollen Sie mir etwas über Ihre Krankheit erzählen?«

»Eigentlich rede ich nicht gern über Krankheiten. Das macht die Sache nicht besser, wenn man sie dauernd ins Bewusstsein hebt. Aber mit *Ihnen* spreche ich gern darüber, falls es Sie *wirklich* interessiert.«

»Ja natürlich! Es interessiert mich sehr. Schließlich möchte ich Sie gern ein wenig näher kennenlernen.«

»Nun gut! Also, ich hatte seit einigen Jahrzehnten so eine Hauterhebung in der Größe einer 2-Euro-Münze am Rücken, die sich von Jahr zu Jahr dunkler verfärbte. Vor etwa zehn Jahren riet mir ein Dermatologe, das Ding entfernen zu lassen. Ich bin seinem Rat gefolgt. Es stellte sich heraus, dass es sich um einen Hautkrebs handelte. Dieser Krebs begann vor drei Jahren zu streuen. Da ich aber keine nennenswerten Beschwerden und Schmerzen habe, habe ich es in den letzten ein, zwei Jahren nicht weiter verfolgen lassen, was mein Hausarzt gar nicht verstehen konnte. Er meinte, dass meine Restlebenszeit sehr begrenzt sei. Aber auch er hat keine Kristallkugel! Schließlich ist jeder Mensch ein höchst individuelles Wesen. Da haben Statistiken nur eine begrenzte Aussagekraft. Immerhin hat er diese Vermutung vor nunmehr schon mehr als einundhalb Jahren geäußert.«

»Ja, Krebs ist eine ganz fürchterliche Krankheit. Bei mir ist vor knapp zehn Jahren Brustkrebs diagnostiziert worden. Ich war fix und fertig, als ich das hörte! Die monatelange Chemo-Therapie war fürchterlich! Aber ich gelte seit Jahren als geheilt. Ich glaube, den Krebs besiegt zu haben.«
   »Das freut mich für Sie!«

»Ist Ihr Krebsleiden auch der Grund dafür, dass Sie ins Heim mussten?«
   »Eigentlich nicht! Ich kann seit fast drei Jahren nur noch unter starken Schmerzen gehen, was wohl in erster Linie auf meine Arthrose in beiden Knie- und Hüftgelenken zurückzuführen ist. Als ich dann nicht mehr in der Lage war, meinen Haushalt zu führen und mich selbst zu versorgen, habe ich mich zu diesem Schritt entschlossen. Mittlerweile ist meine Muskulatur so schwach, dass ich bestenfalls noch allein zur Toilette gehen kann. Aber ich will nicht klagen! Ich kann mich immerhin selbst waschen und bin beim Essen nicht auf Hilfe ange-wiesen. Außerdem bin ich im Kopf noch völlig klar, was mir besonders wichtig ist.«

»Ich kenne das von meinem Mann, wie schlimm es ist, wenn man nicht gut zu Fuß ist. Obwohl er noch keine siebzig ist, fällt ihm das Gehen sehr schwer.«

Da Frau Schwarz erkannte, dass ihre Patientin nicht gerne über ihre Krankheit sprechen wollte, wechselte sie das Thema: »Hätten Sie vielleicht Lust, mir ein bisschen aus Ihrem Leben zu erzählen?«

Frau Schwarz wusste aus Erfahrung, dass viele alte Menschen sehr gern von sich und ihrem Leben erzählen. Da bildete auch Frau Wehrmann keine Ausnahme.

»Ja, sehr gerne! Je älter ich werde, desto häufiger lasse ich mein Leben Revue passieren. Ich bin immer erstaunt, welche alten und längst vergessen geglaubten Erinnerungen dabei wieder auftauchen. Möchten Sie, dass ich etwas Bestimmtes erzähle?«

»Schildern Sie mir doch etwas aus Ihrer Kindheit!«

»Gut! Also, geboren wurde ich am 1. September 1939 ganz in der Nähe von Dortmund.« Frau Wehrmann schaute ihre Gesprächspartnerin einen Augenblick erwartungsvoll an. Da sie aber keine Reaktion vernehmen konnte, fuhr sie fort: »Klingelt bei dem Datum etwas?«

»1. September? ---- 1939? – War das nicht der Tag, an dem der 2. Weltkrieg begann?«

»Richtig!«

»Dann sind Sie ja ein richtiges Kriegskind, wie man so sagt! Ich bin ja ganz dankbar, dass ich diese schlimme Zeit nicht miterleben musste. Als ich zur

Welt kam, war der Krieg schon seit sieben Jahren vorbei.«

»Ach wissen Sie, als Kind im Vorschulalter nimmt man selbst so etwas Fürchterliches wie einen Krieg gar nicht richtig wahr. Meine Familie hatte ohnehin viel Glück. Mein Vater war als Bergmann unter Tage beschäftigt. Der Abbau von Kohle war natürlich kriegswichtig, so dass er nicht in den Krieg ziehen musste. Erst kurz vor Kriegsende, als Hitler noch einmal alles mobilisierte, was halbwegs aufrecht gehen konnte, um die längst sichere Niederlage noch zu verhindern oder aufzuschieben, musste er beim Volkssturm einrücken. Aber wenige Tage später war dann der Spuk vorüber.«

»Musste Ihre Familie Hunger leiden?«

»Im Grunde nicht! Wir wohnten in einer Bergmannssiedlung. Es war eine Kleinsiedlerkolonie, wie man es damals nannte. Hinter unserem kleinen Häuschen waren ein Stall und ein Garten. Meine Eltern hielten immer ein oder zwei Ziegen, die man damals als ›Bergmannskühe‹ bezeichnete, und einige Hühner. In dem Garten baute meine Mutter Kartoffeln, Salat und Gemüse an. Somit hat meine Familie auch in der Kriegszeit keinen Hunger leiden müssen.«

»Wissen Sie noch, was Ihr erstes Erlebnis war, an das Sie sich heute noch erinnern können?«

»Ja, sehr genau sogar! Das erste, an das ich mich erinnern kann, ist, dass im Nachbarhaus der Dachstuhl in Flammen aufging, weil er von einer Brandbombe getroffen wurde. Mein Vater und meine drei Brüder, die ein paar Jahre älter waren als ich, eilten rüber, um beim Löschen zu helfen. Daran kann ich mich wirklich noch erinnern, als wenn es erst vor ein paar Jahren gewesen wäre! Es muss Frühling 1943 gewesen sein. Ich war also dreieinhalb Jahre alt. Fast ganz Dortmund wurde von den Alliierten in Schutt und Asche gelegt. Unser Haus wurde glücklicherweise nie von einer Bombe getroffen.«

»Waren Ihre Eltern recht streng?«

»Nein, das kann man eigentlich nicht sagen. Natürlich haben wir Kinder schon mal eine Tracht Prügel bezogen, wenn wir etwas ausgefressen hatten, aber dann hatten wir es auch meistens verdient. Da ich nicht unbedingt immer brav und folgsam war, bin ich besonders oft verdroschen worden, aber nie sehr heftig! Ansonsten durften wir einfach Kind sein. Damals gab es noch keine Helikopter-Eltern, deren Trachten von morgens bis abends ganz auf das Treiben und die vermeintlichen Bedürfnisse ihrer Kinder fokussiert ist. Wenn ich draußen spielte, hat mir keiner auf die Finger geschaut. Hauptsache, ich bin immer rechtzeitig heimgekommen. Ich habe es übrigens immer bevorzugt, mit Jungen zu spielen. Das hat mich, glaube ich, sehr geprägt.«

Frau Schwarz hörte aufmerksam zu und stellte die eine oder andere Frage. Während ihr Blick auf das Bücherregal fiel, fragte sie: »Haben Sie in dem

Regal auch Fotoalben? Haben Sie noch Fotos aus dieser Zeit?«

»Nein, wir haben nie viel fotografiert. Die wenigen Fotos, die ich hatte, habe ich nicht mit ins Heim genommen. Alle Gesichter und Erlebnisse habe ich in meinem Gedächtnis gespeichert. Dort sind sie viel lebendiger als auf totem Papier.«

Dann meinte Frau Schwarz: »Ihre Schilderungen haben mich sehr interessiert und bewegt. Wenn Sie möchten, können wir beim nächsten Mal darüber weitersprechen. – Ich denke, für heute reicht es.«

»Ja, Sie haben recht. Ich werde auch langsam müde, da ich es nicht mehr gewohnt bin, so lange zu plaudern. Aber es hat mir sehr gutgetan. Haben Sie vielen Dank! Ich hoffe, Sie kommen bald wieder.«

»Auf jeden Fall! Spätestens in einer Woche werde ich Sie wieder aufsuchen. Ich kann Ihnen jetzt noch nicht genau sagen, an welchem Tag ich kommen werde.«

»Das macht nichts! Ich bin ja immer da! Also, alles Gute bis zum nächsten Mal und nochmals vielen Dank!«

Fünf Tage später kam Frau Schwarz am frühen Nachmittag zu ihrem zweiten Besuch. »Ich grüße Sie, liebe Frau Wehrmann! Ich habe Ihnen ein paar selbstgebackene Plätzchen mitgebracht.«

»Das ist sehr aufmerksam von Ihnen. Die werden wir uns gleich zu Gemüte führen. Vielleicht sind Sie so nett und gehen in die Küche. Sie liegt am Ende des Ganges auf der gegenüberliegenden Seite. Dort müssten Sie eine Pflegerin finden. Bitten Sie diese doch, uns zwei Tässchen Kaffee zu bringen.«

Frau Schwarz tat, wie ihr geheißen wurde. Nach wenigen Minuten kam sie mit einer jungen Pflegerin zurück ins Zimmer. Beide hielten eine Tasse Kaffee in den Händen.

Die Pflegeschwester, die eigentlich auf einer anderen Station arbeitete und Frau Wehrmann nur flüchtig bekannt war, grüßte freundlich und fragte, während sie Frau Wehrmann anblickte: »Kann ich sonst noch etwas tun? Brauchen wir noch etwas?«
   Die Angesprochene verdrehte leicht die Augen und antwortete etwas genervt, aber mit durchaus freundlichem Ton: »Wen meinen Sie mit ›wir‹?«

»Ja, *Sie* natürlich!«
   »Warum fragen Sie dann nicht ›Brauchen *Sie* noch etwas?‹. Dann wäre klar, was Sie meinen.«

Frau Schwarz konnte sich ein Schmunzeln nicht verkneifen. Die Pflegerin sagte etwas patzig: »Also gut: Brauchen *Sie* etwas?«
   »Nein danke, junge Frau! Ich bin im Moment wunschlos glücklich. Aber vielen Dank für die Nachfrage und natürlich für den Kaffee. Das war sehr freundlich von Ihnen!«

Nachdem die Pflegerin das Zimmer wieder verlassen hatte, meinte Frau Schwarz: »Der haben Sie es aber gezeigt!«

»Ich meine es ja nicht böse. Aber diese unsinnigen Fragen nerven mich ziemlich. Ich komme mir dabei immer wie ein dummes Kind vor.«

Während die beiden Damen genüsslich die Plätzchen verzehrten und ihren Kaffee tranken, fragte Frau Schwarz: »Wie kommen Sie mit der Situation hier im Heim eigentlich zurecht? Wie gefällt es Ihnen hier?«

»Es war schon eine große Umstellung, mein selbständiges und unabhängiges Leben aufzugeben. Es hat geraumer Zeit bedurft, mich daran zu gewöhnen. Das Heim als solches ist fabelhaft. Da gibt es nichts auszusetzen. Auch die Angestellten sind durchweg sehr nett. Allerdings ist das beste Heim kein Ersatz für ein eigenes Zuhause!«

»Gibt es irgendetwas, was Sie jetzt besonders vermissen, was Ihnen sehr fehlt?«

»Ja, da gibt es einiges! Am meisten fehlt mir die Möglichkeit, mich ohne fremde Hilfe ungehindert im Freien aufhalten und bewegen zu können. – Was mir *jetzt im Moment*, nachdem ich Ihr vorzügliches Gebäck verzehrt habe, sehr fehlt, ist eine Zigarette!«

»Was? Sie rauchen? Sie wissen doch, wie schädlich das ist, gerade bei Ihrer Krankheit!«

Normalerweise schätzte es Frau Wehrmann gar nicht, wenn ihr jemand weismachen wollte, was für sie gut und was für sie schlecht war. Da sie aber ihre Begleiterin sehr mochte, bemühte sie sich um einen einigermaßen moderaten Kommentar: »Natürlich weiß ich, dass Rauchen nicht unbedingt gesundheitsfördernd ist. Schließlich bin ich ja nicht blöd. Außerdem ist es nicht gerade hygienisch und verdammt teuer! Ich bin weit davon entfernt, diese schlechte Angewohnheit schönzureden. Auch würde ich jedem jungen Menschen raten, erst gar nicht damit anzufangen. – Ich habe fast mein ganzes Leben lang geraucht, nie sehr viel, aber ich habe es meistens genossen. Es hat mich immer entspannt und mir dabei geholfen, einen klaren Gedanken zu fassen. Es mag sein, dass es reine Einbildung war. Aber das spielt im Grunde keine Rolle. Entscheidend ist die positive Wirkung. Das ist so ähnlich wie mit Globuli.«

»Aber Ihnen ist doch klar, dass Rauchen das Leben verkürzt, oder?«

»Das wird gern von Medizinern behauptet. Beweisen kann es aber niemand. Wer kann schon sagen, ob ich nicht bereits vor zehn oder zwanzig Jahren gestorben wäre, wenn ich nie geraucht hätte!«

»Naja, Sie werden schon wissen, was Sie tun. Alt genug sind Sie ja! Aber jetzt gibt es hier ja wohl keine Möglichkeit mehr zu rauchen, oder?«

»Es ist in der Tat schwierig. Nachmittags hat hier meistens eine sehr nette Pflegerin Dienst, die sich um mich immer besonders aufmerksam kümmert. Sie ist eine deutschstämmige Kasachin und heißt Ludmilla. Wenn Sie etwas Zeit hat, fährt sie mich auf die Terrasse oder in den Garten. Dort kann ich dann eine qualmen. Übrigens, ich hätte jetzt große Lust auf eine Zigarette. Vielleicht helfen Sie mir in meinen Rollstuhl und schieben mich in den Garten. Das wäre sehr nett.«

Frau Schwarz war nicht gerade begeistert, dachte aber: »Schließlich geht es in einer Begleitung darum, dasjenige zu tun, was der Patient wünscht.«

So kam sie denn etwas widerwillig Frau Wehrmanns Wunsch nach, die das Thema noch fortsetzte: »Im Übrigen finde ich Alkohol viel schlimmer als Nikotin. Mit dem Rauchen vernebelt man nur sehr kurzfristig das Zimmer, in dem man raucht. Mit Alkohol vernebelt man langfristig den Verstand. Außerdem empfinde ich es als eine große Einseitigkeit, dass das Rauchen so verteufelt, der Alkoholkonsum aber verharmlost und sogar als gesellschaftsfähig betrachtet wird.«

Frau Wehrmann nahm die Zigarettenschachtel aus der Schublade und ließ sich von Frau Schwarz in den Garten schieben.

Im Garten, der das Heim von drei Seiten umgab, angekommen, setzte sich Frau Schwarz auf eine Bank. Ihre Patientin blieb so in ihrem Rollstuhl sitzen, dass die beiden sich anschauen konnten.

Während Frau Wehrmann genüsslich an ihrer Zigarette zog, versuchte ihre Besucherin das Gespräch vom letzten Mal wieder aufzugreifen: »Sie haben mir letztens schon einiges aus Ihren Kindertagen erzählt. Das war sehr interessant. Möchten Sie Ihre Schilderungen heute fortsetzen?«

»Ja, sehr gerne! Was genau soll ich Ihnen erzählen? Was möchten Sie gerne hören?«

»War Ihre Familie religiös?«

»Meine Eltern waren nicht besonders religiös. Sie gingen zwar mit uns Kindern zum Gottesdienst in die katholische Kirche, aber auch nicht unbedingt jeden Sonntag. Auch zu Hause wurde nicht regelmäßig gebetet. Insbesondere mein Vater ging nur in die Messe, um meiner Mutter einen Gefallen zu erweisen. Mein Vater hatte durch den grausamen Krieg seinen Glauben an Gott verloren. Er konnte – wie meine Mutter mir später einmal erzählt hat – nicht verstehen, dass Gott ein solches Elend zugelassen hatte. Nach meiner Anschauung ist eine solche Sichtweise natürlich ziemlich sinnbefreit. Schließlich waren es ja *Menschen*, die die Katastrophe heraufbeschwört und für alle diese Grausamkeiten gesorgt haben. Würde Gott da eingreifen, würde er den Menschen ja ihre Freiheit nehmen. Und die menschliche Freiheit ist ein sehr hohes Gut, vielleicht sogar das höchste – auch wenn diese ganz übel missbraucht werden kann.«

»*Sie* scheinen ja aber durchaus religiös zu sein, oder?«

»Es kommt darauf an, wie Sie diesen Begriff verstehen wollen. Insofern, als ich an Gott glaube und die Bibel für eine göttliche Offenbarung halte, bin ich religiös, sehr religiös sogar! Aber mit dem konfessionellen Christentum kann ich nicht ganz so viel anfangen. Wie sieht das bei Ihnen aus?«

»Mir ist die Kirche schon sehr wichtig. Ich besuche recht regelmäßig die Heilige Messe.«

»Ich finde es gut, wenn jemand, dem es wichtig ist und dem es etwas bringt, den Gottesdienst besucht. – Ich habe schon als junge Frau ein wenig mit der Kirche gebrochen. Das letzte Mal war ich vor knapp zehn Jahren in der Kirche, und zwar in der Messe, die der Beerdigung meines Mannes vorausging.«

»Wie kam das, dass Sie mit der Kirche gebrochen haben?«

»Nun, ich kann ja nicht beurteilen, wie das heute so ist. Aber noch in den 1950er- und 1960er-Jahren hatte ich immer den Eindruck, dass das, was die Pfarrer von der Kanzel predigten, keine *Froh*botschaft, sondern eher eine *Droh*botschaft war. Noch heute klingeln meine Ohren, wenn ich an so manche Predigt denke. Sie waren fast immer nach dem Muster gestrickt: Wenn du dieses oder jenes machst, kommst du später in die Hölle! Nur wenn du dieses oder jenes machst, steht dir später der Himmel offen! Sie sprachen so selbstverständlich über das, was Gott will und was er nicht will, als ob sie ihn persönlich kennen würden. Ich kam mir dadurch immer so bevormundet vor. Es war noch nie mein Ding, mir von jemandem vorschreiben zu lassen, was ich zu tun und was ich zu lassen habe. Das Denken und mein Gewissen wollte ich nicht an der Kirchtür abgeben und einem anderen übertragen. Außerdem halte ich es für einen Unsinn, dass jemand in die Hölle kommt – sofern es eine solche überhaupt geben sollte –, der nicht Sonntag für Sonntag in die Kirche oder nicht regelmäßig zur Beichte geht!«

»Solche Predigten hätte ich auch nicht gutheißen können. Aber so etwas gibt es heute nicht mehr! Damit kann man den Leuten heute nicht mehr kommen.«

»Ja, das mag sein.«

»Welche Erinnerungen verbinden Sie mit Ihrer Schulzeit?«

»Im Grunde vorwiegend positive! – Im Frühjahr des Jahres 1946 wurde ich eingeschult. Seit knapp einem Jahr herrschte wieder Frieden, und das Leben hatte sich langsam wieder ein wenig normalisiert. Auch der Schulbetrieb lief nun recht reibungslos. Ich bin sehr gern in die Schule gegangen. Besonders das Lesen hat mich fasziniert. Schon in den ersten Jahren meiner Volksschulzeit habe ich alles gelesen, was mir in die Finger kam.«

»Waren Sie die ganze Zeit auf der Volksschule?«

»Nein! Als das vierte Schuljahr zu Ende ging, empfahl mir meine Lehrerin, auf ein Lyzeum zu gehen. So nannte man damals ein Gymnasium, das nur für Mädchen zugelassen war. Mein Vater hielt nichts von dem Vorschlag. Er sagte: ›Deine drei Brüder waren auch nur auf der Volksschule. Und ein Mädchen braucht erst recht keine höhere Schulbildung. Du wirst später ohnehin heiraten und dann von deinem Mann versorgt sein! Da brauchst du kein Abitur!‹ – Mir war das eigentlich egal. Mit den Begriffen ›Lyzeum‹, ›Abitur‹ usw. konnte ich ohnehin nicht viel verbinden.«

»Also sind Sie auf der Volksschule geblieben?«

»Nein. Als ich meiner Lehrerin sagte, dass mein Vater nicht einverstanden sei, bestellte sie meine Mutter zu sich, der sie dringend riet, mich aufs Lyzeum zu schicken. Meine Mutter hat dann meinen Vater mehr oder weniger überredet. Später war er dann sogar sehr stolz auf mich, zumal noch keiner aus unserem erweiterten Familienkreis auf einer Höheren Schule war.«

»Wie ist es Ihnen auf dem Lyzeum ergangen, und haben Sie es abgeschlossen?«

»Es war ein humanistisches, altsprachliches Lyzeum. Wir mussten also insbesondere Latein und Alt-Griechisch lernen. Im Gegensatz zu vielen meiner Klassenkameradinnen hat mir das aber durchaus Spaß gemacht. Mein besonderes Interesse galt immer der Literatur. Insbesondere von den Klassikern konnte ich nie genug kriegen. Ich habe diese Werke geradezu verschlungen.«

»Das glaube ich gerne, wenn ich mir hier Ihre vielen Bücher ansehe. Waren die Lehrer damals sehr streng?«

»Das kann man wohl sagen! Die Strenge, mit der sie zu Werke gingen, kann man sich heute gar nicht mehr vorstellen. Für die kleinsten Vergehen gab es heftige Prügel, meistens mit einem Rohrstock auf die Fingerspitzen der ausgestreckten Hand. Das tat unfassbar weh! Heute würden die Eltern solche Lehrer anzeigen. Aber damals waren Prügelstrafen gang und gäbe.«

»Haben Sie dann auch Abitur gemacht?«

»Ja, es war im Frühjahr 1958. --- Oder war es doch 1959? Ich weiß es nicht mehr genau. Egal! Nein, warten Sie, es war 1958! Genau! Es war kurz nachdem mein ältester Bruder im Bergwerk tödlich verunglückt war.«

»Oh, das ist ja furchtbar! Wie alt war Ihr Bruder?«

»Es war kurz vor seinem 30. Geburtstag. Meine beiden anderen Brüder waren auch auf der Zeche unter Tage beschäftigt. Nach diesem tragischen Tod gaben sie ihren Beruf auf. Einer arbeitete dann als Schlosser, der andere ging zur Post. Die beiden wurden auch nicht alt. Sie starben, noch bevor sie eine Familie gründen konnten.«

»Das ist ja ein schlimmes Familienschicksal! Wie lange haben Ihre Eltern noch gelebt?«

»Mein Vater ist 1965, meine Mutter drei Jahre später gestorben.«

Mittlerweile waren fast drei Stunden verstrichen. Frau Schwarz schaute auf ihre Uhr und sagte: »So, Frau Wehrmann, ich werde Sie dann für heute wieder allein lassen? Kann ich Ihnen bei meinem nächsten Besuch etwas mitbringen? Kann ich Sie mit irgendetwas erfreuen?«

»Nein danke! – Ach doch! Sie könnten mir zwei Schachteln Zigaretten mitbringen. Meine Marke kennen Sie jetzt ja. Ich gebe Ihnen gleich das Geld. Normalerweise besorgt mir Ludmilla immer die Glimmstängel, aber die hat zurzeit Urlaub. Zwei Schachteln reichen mir für die nächsten zwei, drei Wochen. Dann ist Ludmilla wieder da, so dass ich Sie dann nicht mehr belästigen muss.«

»Ich mache es aus den geschilderten Gründen nicht gerne! Aber natürlich werde ich Ihnen den Gefallen tun!«

Nachdem Frau Schwarz ihre Patientin zurück in ihr Zimmer geschoben hatte, verabschiedeten sich die beiden.

Frau Schwarz hatte schon viele Dutzend Menschen in ihren letzten Lebenstagen, -wochen und -monaten besucht. Die meisten hatte sie bis an die Schwelle des Todes begleitet. Bei fast allen, die noch in der Lage waren zu sprechen, konnte sie die Erfahrung machen, dass es ihnen ein großes Bedürfnis war, aus ihrem Leben zu erzählen. Immer hat sie sich bemüht, genau zuzuhören, auf versteckte Botschaften zu achten und die richtigen Fragen zu stellen.

Aber noch nie hat sie einer Patientin mit so großer Aufmerksamkeit und so vitalem Interesse bei ihren Lebensschilderungen gelauscht wie Frau Wehrmann. Sie war schon sehr auf die Fortsetzung der Erzählungen gespannt.

Am folgenden Samstag besuchte Frau Schwarz ihre Patientin zum dritten Mal. Gleich nach der Begrüßung überreichte sie ihr die zwei Zigarettenschachteln, um deren Kauf sie gebeten wurde: »Guten Tag, liebe Frau Wehrmann! Hier haben Sie Ihr Giftzeug!«

»Na, na! Wer wird denn über ein Naturprodukt wie Tabak so abfällig reden?«

Die beiden lachten.

Nachdem man sich gegenseitig nach dem Befinden erkundigt hatte, griff Frau Schwarz das Thema ihres letzten Besuches wieder auf: »Wie ging es denn mit Ihnen nach dem Abitur weiter? Haben Sie studiert?«

»Nein, das war im Grunde nie ein Thema, zumal ein Studium in dieser Zeit nicht ganz billig war. Da ich die Literatur so sehr liebte, war für mich klar, dass mein Beruf damit etwas zu tun haben müsste. So machte ich dann eine dreijährige Ausbildung zur Buchhändlerin in einem großen Buchgeschäft in Dortmund. Es war keine leichte Zeit. In dem Geschäft gab es zehn Angestellte. Ich war die einzige Frau und anfangs auch der einzige Lehrling! Sie können sich vorstellen, dass ich da lernen musste, mich zu behaupten. Es dauerte fast zwei Jahre, bis meine männlichen Kollegen merkten, dass ich mit mir nicht Schlitten fahren lasse. – Das war auch die Zeit, in der ich mir das Rauchen angewöhnt habe. Damals war es ja noch nahezu überall erlaubt zu rauchen. Wir hatten in dem Laden einen kleinen Pausenraum, in dem natürlich auch geraucht werden durfte. Da alle Kollegen rauchten, wollte ich da kein Außenseiter sein. Sie können sich gar nicht vorstellen, wie verqualmt der Raum immer war!«

»Waren Sie lange in dem Buchladen beschäftigt?«
»Ja, das kann man schon sagen. Insgesamt waren es über vierzig Jahre.«

»Waren Sie eigentlich verheiratet?«
»Kurz nach Abschluss der Lehre lernte ich meinen Mann Karl kennen. Er war fünf Jahre älter als ich und im gehobenen Dienst bei der Stadtverwaltung angestellt.«

»Haben Sie schon bald danach geheiratet?«
»Ja, im Jahr darauf. Ich war immerhin schon 24 Jahre alt. In dieser Zeit vertraten viele Zeitgenossen die Meinung, dass mit einer unverheirateten Frau Mitte zwanzig etwas nicht stimmen könnte. Diese Ansicht war mir aber egal. Das war nicht der Grund

für unsere Heirat. Die Gründe waren ganz andere: Zum einen war ich mir sicher, mit Karl den richtigen Mann für mich gefunden zu haben; zum anderen kam er gerade an eine sehr günstige und schmucke $3^1/_2$-Zimmer-Wohnung in einem Neubau. Es war in den 1960er-Jahren nicht so einfach, eine solche Wohnung zu bekommen.«

»Haben Sie dann Ihren Beruf aufgegeben?«

»Nein, natürlich nicht! Dabei ging es mir weniger um den Verdienst, zumal das Gehalt meines Mannes völlig hinreichend war. Ich wollte einfach unabhängig sein und mein eigenes Ding machen. Außerdem hat mir mein Beruf zeitlebens viel Freude bereitet. Karl fand das nicht so gut. Aber da habe ich mich durchgesetzt. Nur als unser Hermann 1968 zur Welt kam, bin ich zwei Jahre zu Hause geblieben. Dann habe ich einige Jahre nur morgens, als Hermann im Kindergarten und später in der Schule war, gearbeitet. Als er so zwölf Jahre alt wurde, habe ich bis zu meiner Pensionierung wieder in Vollzeit gearbeitet. In den letzten Jahren leitete ich eine unserer drei Filialen.«

»Möchten Sie mir von Ihrem Sohn erzählen?«

Frau Wehrmann schwieg eine Weile. Dann sagte sie: »Ein anderes Mal. Mir fällt jetzt das Sprechen etwas schwer. Auch bin ich etwas schläfrig. Zurzeit schlafe ich nachts nicht gut, so dass ich dann tagsüber oft recht müde werde. Ich schlage vor, dass wir unser Gespräch für heute beenden.«

»Selbstverständlich! Dann machen Sie es gut, liebe Frau Wehrmann. Bis zum nächsten Mal! Ich freue mich schon auf unser nächstes Treffen!«

»Ja, ich auch! Tschüss, Frau Schwarz!«

Gleich zu Beginn des nächsten Besuches ergriff Frau Wehrmann unmittelbar nach der Begrüßung das Wort: »So, liebe Frau Schwarz, jetzt habe ich Ihnen schon so viel aus meinem Leben erzählt. Es wäre schön, wenn Sie mir auch ein wenig von sich schildern würden.«

»Nun, in einer Begleitung sollte ja immer der Patient im Mittelpunkt stehen. Der Begleiter sollte sich da nicht so wichtig nehmen. Aber wenn Sie es wünschen, möchte ich Ihnen gerne ein paar Eckdaten meines Lebens nennen. Was möchten Sie denn hören?«

»Zumindest mal das Übliche: Beruf, Familie, besondere Interessen!«

»Von Beruf bin ich Verkäuferin. Gelernt habe ich in einer Parfümerie. Mein Mann führte eine kleine Bäckerei, die schon seit Generationen im Besitz seiner Familie war. Nach der Heirat habe ich meine Anstellung in der Parfümerie aufgegeben. Seitdem habe ich in der Bäckerei ausgeholfen, allerdings nur im Verkauf. Vor ein paar Jahren hat mein Mann die Bäckerei aus Alters- und Gesundheitsgründen verkauft.«

»Haben Sie keine Kinder, die die Bäckerei übernehmen konnten?«

»Nein! Wir hatten nur einen Sohn. Der lebt leider nicht mehr.«

»Das tut mir sehr leid. Wollen Sie darüber reden?«

Es war deutlich zu spüren, dass Frau Schwarz diesen Schicksalsschlag noch nicht zur Gänze überwunden hatte. Sie konnte sich der Tränen nicht erwehren. Es fiel ihr schwer, darüber zu sprechen.

»Wenn Sie darüber nicht reden wollen, ist das völlig in Ordnung.«

»Doch, es geht schon. Also, unser Sohn ist 1995 im Alter von 21 Jahren tödlich mit seinem Motorrad verunglückt.«

Es dauerte geraume Zeit, bis sich Frau Schwarz wieder einigermaßen fasste und fortfuhr: »Hubert liebte das Motorradfahren über alles. An nahezu jedem Wochenende machte er, wenn das Wetter es einigermaßen zuließ, eine Tour – mal mit Freunden, meistens allein. Ich hatte immer panische Angst, wenn er unterwegs war und ich war stets heilfroh, wenn er wieder unversehrt nach Hause kam. – Dann kam der schreckliche 17. April! Als am Abend zwei Polizisten vor unserer Haustür standen, wusste ich sofort, was los war. Noch bevor sie etwas sagen konnten, fragte ich erstaunlich ruhig: ›Mein Sohn ist tot, nicht wahr? Wo haben Sie ihn hingebracht?‹ – Hubert ist auf nasser Fahrbahn in einer Kurve ins Schleudern gekommen und gegen einen Baum geprallt. Bis heute kann oder will mir keiner sagen, ob er sofort tot war oder ob er noch lange um sein Leben gekämpft hat.«

»Das tut mir unsagbar leid! Es gehört wirklich zu den ärgsten Schicksalsschlägen, die ein Mensch zu ertragen hat, wenn ein Kind stirbt. Wie sind Sie damit fertig geworden? Wie haben Sie diese Trauer verarbeitet?«

»Nun, dass mein Mann und ich fix und fertig waren, muss ich wohl nicht erwähnen. Für uns ist eine ganze Welt zusammengebrochen. Das Leben schien keinen Sinn mehr zu machen. – Einige Wochen später gab mir eine Freundin den Rat, beim Hospizverein um Hilfe zu bitten. Die haben mir dann eine Dame, Frau Alsberger, geschickt, die mir half, die Trauer zu verarbeiten. Es war eine ganz großartige Frau, die auch zu den Gründungsmitgliedern unseres Hospizvereins gehörte. Sie hat mich fast ein Jahr lang regelmäßig aufgesucht. Mit ihr konnte ich über alles reden. Das tat sehr, sehr gut. Leider ist die Dame vor ein paar Jahren gestorben.«

»Was hat Frau Alsberger denn konkret für Sie geleistet?«

»Zunächst einmal war sie einfach für mich da. Sie hörte sich anfangs alles geduldig an, ohne selbst viel zu sprechen und ohne irgendetwas zu bewerten. Auch gab sie mir nie irgendwelche banalen Ratschläge. Sie war eine äußerst empathische Frau, die bei mir den Eindruck erweckte, als würde sie meine Trauer mittragen, um sie dadurch für mich ein wenig erleichtern zu wollen. – Aber einmal hat sie Klartext geredet. Durch den Tod meines Sohnes geriet ich in eine Glaubenskrise. Als ich ihr sagte, dass das doch wohl kein gerechter Gott sein könne, der einen so jungen Menschen aus dem Leben reißt und seine Eltern in tiefste Verzweiflung stürzt, sagte sie in für ihre Verhältnisse sehr ernstem Ton: ›Das ist aber sehr kurz und ziemlich egoistisch gedacht! Schließlich sind Sie nicht der erste und einzige Mensch, der so etwas ertragen muss. Vermutlich zweifeln Sie doch auch nicht an der Gerechtigkeit Gottes, weil Jahr für Jahr Millionen Menschen in Afrika Hunger leiden und sterben! Das ist weit weg! Das berührt uns nicht!‹ – Ja, das hatte gesessen! Jedenfalls gelang es ihr damit und mit ähnlichen Aussagen, mich wieder ein wenig einzuordnen.«

»Das, was Frau Alsberger sagte, kann man nicht besser ausdrücken! – War diese Trauerbegleitung für Sie dann letztlich der Grund, sich in der Hospizarbeit zu engagieren?«

»Ja, richtig! Ich war so dankbar, dass ich dachte, ich müsse von dem, was mir geschenkt wurde, etwas zurückgeben. So entschied ich mich dann kurze Zeit später, eine Ausbildung zur Hospizhelferin zu absolvieren.«

»Das kommt durchaus öfters vor, dass ein tragisches Ereignis der Auslöser ist, etwas Gutes zu tun. Manche Menschen können dadurch ihrem Leben eine ganz andere Richtung geben. Ich sage immer: Es gibt zwei Möglichkeiten, mit einem Schicksalsschlag umzugehen. Man kann daran zerbrechen oder dadurch reifen. – Hat Ihr Mann damals auch an den Gesprächen teilgenommen?«

»Nein! Er konnte darüber nicht sprechen. Er kann es heute noch nicht, obwohl es schon fast 25 Jahre her ist!«

Die beiden Damen schwiegen noch eine Weile, bevor Frau Schwarz sich verabschiedete.

Eines Abends betrat ein Herr mittleren Alters Frau Wehrmanns Zimmer, begrüßte sie freundlich und sprach: »Guten Abend, Frau Wehrmann! Ich bin Pfarrer Hülsmann aus der Pius-Pfarrei. Seit letzter Woche bin ich als Nachfolger von Pfarrer König als Seelsorger für dieses Heim zuständig. Zurzeit suche ich alle katholischen Bewohner auf, um sie ein wenig kennenzulernen und meinen Beistand anzubieten.«

»Guten Abend, Herr Hülsmann! Nehmen Sie doch bitte Platz! Was kann ich für Sie tun?«

»Das wäre eigentlich meine Frage gewesen? Also gibt es irgendetwas, wessen Sie bedürfen? Kann ich etwas *für Sie* tun?«

»Das ist sehr freundlich von Ihnen! Was haben Sie denn so im Angebot?«

Der Pfarrer war etwas irritiert aufgrund der forschen und schlagfertigen Art der alten Dame und meinte: »Wir könnten über Ihre seelischen Nöte sprechen. Ich könnte Ihnen auch die Beichte abnehmen oder Ihnen die Heilige Kommunion bringen.«

»Seelische Nöte habe ich nicht. Und gebeichtet habe ich schon seit fast sechzig Jahren nicht mehr. Auch jetzt sehe ich die Notwendigkeit nicht.«

»Aber Sie wissen schon, dass es zu den Geboten unserer Kirche gehört, mindestens einmal im Jahr zur Beichte zu gehen!«

»Ach wissen Sie, mit Geboten hatte ich schon immer so mein Problem! In meinem Alter lässt man sich nicht mehr gern vorschreiben, was man zu tun und zu lassen hat.«

»Gott will, dass sich die Menschen an die Kirchengebote halten!«

Spätestens jetzt fiel es Frau Wehrmann schwer, die Contenance zu bewahren. Zu sehr erinnerten sie diese Aussprüche an das, was sie früher von der Kanzel zu hören bekam. Nun ging ihr Zynismus ein wenig mit ihr durch: »Woher wissen Sie, dass Gott das will? Haben Sie schon einmal mit ihm am Biertisch gesessen?«

Der Pfarrer war empört und brauchte eine Weile, um sich wieder zu fassen: »Liebe Frau Wehrmann, bedenken Sie, dass sie eines – vermutlich nicht mehr allzu weit entfernten – Tages vor Gottes Richterstuhl stehen werden! Dann haben Sie sich für Ihr Tun und Nichttun zu verantworten!«

»Zunächst einmal glaube ich nicht, dass Gott persönlich auf diesem Richterstuhl – wie Sie es nennen – sitzen wird. Zum anderen bin ich dann durchaus bereit, alles zu verantworten und die möglichen Konsequenzen zu tragen, insbesondere auch die für meine vielen Fehler und Schwächen. Ich glaube nicht, dass ich mein Fehlerkonto erhöhe, wenn ich jetzt die Beichte ablehne.«

Der Pfarrer war ganz entsetzt und wusste nicht so recht, wie er noch argumentieren sollte. So sagte er nur nochmals: »Wollen Sie wirklich mit all ihren Sünden vor Gott stehen?«

»Ja, die gehören schließlich zu mir. – Also, ich habe keine Angst vor dem göttlichen Gericht. Wenn Sie es wünschen, werde ich Gott von Ihnen Grüße ausrichten!«

Nun war der Pfarrer endgültig außer sich. Er stand auf und sagte: »Das ist natürlich Ihre Entscheidung! Ich muss sie wohl respektieren. – Gibt es denn gar nichts, was ich für Sie tun kann?«

»Doch! Wenn Sie noch ein paar Minuten Zeit haben sollten, könnten Sie mich auf die Terrasse schieben, damit ich ein Rauchopfer bringen kann.«

Erst als Frau Wehrmann ihre Zigarettenschachtel aus der Schublade nahm, begriff der Pfarrer, was sie meinte. »Was?! Sie rauchen noch?!«

»Sie wissen doch: Ohne Dampf keine Leistung!«, sagte Frau Wehrmann lachend.

Pfarrer Hülsmann schaute auf seine Uhr und nuschelte: »Also gut! Wenn Sie unbedingt rauchen wollen, nehme ich mir die paar Minuten.«

Während Frau Wehrmann auf der Terrasse ihre Zigarette rauchte, machte der Pfarrer einen etwas ungeduldigen Eindruck. Immer wieder schaute er auf seine Armbanduhr. Dann hatte Frau Wehrmann eine Idee: Sie erzählte ihm den Witz mit den drei Pfarrern und den Tauben.

Herr Hülsmann amüsierte sich köstlich. Jetzt war das Eis ein wenig gebrochen.

Anschließend schob Herr Hülsmann die Patientin wieder in ihr Zimmer und sagte beim Verabschieden: »Sollten Sie sich doch noch umentscheiden, was die Beichte oder den Empfang der Heiligen Kommunion angeht, oder ein Gespräch mit mir wünschen, können Sie mich jederzeit kontaktieren. Auf Wiedersehen!«

»Auf Wiedersehen, Herr Hülsmann! Es tut mir leid, dass wir in Glaubensfragen offensichtlich nicht einer Meinung sind.«

Nachdem Pfarrer Hülsmann das Zimmer verlassen hatte, wurde Frau Wehrmann bewusst, dass sie sich ihm gegenüber nicht gerade freundlich verhalten hatte. Dennoch hielten sich ihre Gewissensbisse in Grenzen.

Beim nächsten Besuch von Frau Schwarz legte diese gleich nach der Begrüßung los: »Sie wollten mir noch etwas von Ihrem Sohn erzählen.«

Frau Wehrmann schien zunächst nicht darauf eingehen zu wollen. Doch dann begann sie etwas zögerlich und mit für ihre Verhältnisse leiser, zarter Stimme: »Ja, der Hermann! Er ist übrigens unser einziges Kind. Schon im Kindesalter war er in mancherlei Hinsicht ein wenig sonderbar.«

»Wie meinen Sie das?«

»Nun, während die anderen Kinder Fußball oder sonst etwas spielten, schaute er ihnen meistens nur zu. Er hielt sich häufig im Haus auf und half mir bei der Hausarbeit. Oft dachte ich: An ihm ist ein Mädchen verlorengegangen! – Als er dann etwas älter war – so vierzehn, fünfzehn Jahre – legte er viel Wert auf schöne Kleidung und ein gepflegtes Äußeres. Auch trug er gern Schmuck.«

»Das mag ja ungewöhnlich sein, aber es ist doch nicht schlimm!«

»Nun meinen Mann und mich beschlich eine Ahnung, die sich zur Gewissheit verdichtete, als ich ihn dabei erwischte, wie er mit einem Freund in seinem Zimmer schmuste. – Jetzt konnte es keinen Zweifel mehr geben: Hermann ist homosexuell!«

»Aber das ist doch heute keine Problem mehr!«

»Richtig, heute nicht mehr! Obwohl Homosexualität seit gut zehn Jahren nicht mehr unter Strafe stand, war es allerdings damals noch ein großes Tabuthema. In dieser Zeit hätte kaum jemand gewagt, sich öffentlich zu outen. Vielerorts wurde mit Fingern auf die wenigen Schwulen und Lesben, die als solche bekannt waren oder auch nur dafür gehalten wurden, gezeigt. – Mein Mann und ich waren schockiert. Wir hielten es für etwas Unnatürliches und Widerwärtiges! Im Unterbewusstsein quälte uns auch das Wissen, dass wir wohl nie mit Enkeln rechnen könnten.«

»Was haben Sie gemacht? Wie haben Sie sich verhalten?«

»Wie viele Menschen in jener Zeit dachten auch wir, dass Homosexualität so etwas wie eine Krankheit ist. Wir versuchten, ihm seine Neigung auszutreiben: Wir redeten ihm gut zu, wir schimpften mit ihm, wir verboten ihm den Kontakt zu seinem Freund, wir schleppten ihn von Therapeut zu Therapeut. Aus heutiger Sicht waren das alles völlig sinnbefreite Aktionen.«

»Das wird ja wohl alles nichts genützt haben, oder?«

»Ja natürlich nicht! Selbstverständlich habe ich heute eine ganz andere, völlig unverkrampfte Einstellung zur Homosexualität. Aber damals war ich einfach überfordert. Immerhin gab es den Paragrafen 175 noch – auch wenn er nicht mehr angewendet wurde. Also, ich habe so ziemlich alles falsch gemacht, was man nur falsch machen kann. Das

ging so weit, dass wir ihn mit einer netten Nach-
barstochter mehr oder weniger verkuppelt haben.«

»Hat er sie tatsächlich geheiratet?«

»Ja. Wir glaubten, das Problem sei gelöst und er
könnte auch mit einer Frau glücklich werden. –
Aber es ging gründlich schief. Mein Sohn litt wie
ein Hund. Nach drei Jahren wurde die kinderlose
Ehe geschieden.«

»Wie war oder ist Ihr Verhältnis zu Ihrem Sohn
heute?«

»Es war stark beschädigt! Auch wenn er uns nie
ganz offen einen Vorwurf machte, so war er doch
maßlos von seinen Eltern enttäuscht. Wer könnte es
ihm verdenken!«

»Was macht er heute? Haben Sie noch Kontakt?«

»Jahre später hat er einen Mann kennengelernt,
der genau wie er Friseur ist. Mit ihm zog er nach
Süddeutschland. Die beiden sind mittlerweile verheiratet. Ich glaube, er ist glücklich. – Nein, Kontakt haben wir nicht mehr. Wir haben uns das letzte
Mal auf der Beerdigung meines Mannes gesehen.
Da hat er mich aber weitgehend ignoriert.«

»Haben Sie heute deswegen ein schlechtes Gewissen?«

»Allerdings! Insbesondere werfe ich mir vor,
dass ich noch nie die Gelegenheit genutzt habe,
ihm einiges zu erklären und mich für mein Fehl-

verhalten zu entschuldigen. Das lastet schwer auf meiner Seele.«

»Verstehen Sie mich bitte nicht falsch, liebe Frau Wehrmann, ich bin weit davon entfernt, Ihnen Vorschriften zu machen. Aber noch ist es nicht zu spät, sich bei Ihrem Sohn zu entschuldigen.«
Frau Wehrmann schwieg eine Zeit lang. Es war mit Händen zu greifen, wie es in ihr arbeitete. Dann sagte sie – mehr zu sich als zu ihrer Begleiterin: »Ja, mit diesem Rucksack möchte ich nicht über die Schwelle des Todes gehen. Ich werde ihm einen Brief schreiben. – Seien Sie mir nicht böse. Ich möchte jetzt gern allein sein.«

Frau Schwarz nahm sie in den Arm und verabschiedete sich.

Gleich am nächsten Morgen ließ sich Frau Wehrmann von einer Pflegerin Briefpapier geben, setzte sich an den Tisch und begann zu schreiben.

Lieber Hermann,

Du wirst Dich sicherlich wundern, von mir einen Brief zu erhalten. Schließlich ist es schon etliche Jahre her, dass ich Dir das letzte Mal geschrieben habe. Ich glaube es waren Urlaubsgrüße.

Ich muss zugeben, dass es mir aus zwei Gründen nicht leichtfällt, Dir zu schreiben. Zum einen strengt es mich ziemlich an, längere Zeit am Tisch zu sitzen, zum anderen fällt es mir jetzt unsagbar schwer, die richtigen Worte zu finden.

Ich will es kurz machen:

Schon seit Jahren ist mir klar, wie schlimm mein Verhalten Dir gegenüber war, als mir offenbar wurde, dass Du andere sexuelle Neigungen hast als die, die ich für normal hielt.

Das Einzige, was ich zu meiner Entschuldigung ins Feld führen kann, ist die Tatsache, dass ich in einer Zeit aufgewachsen bin, in der Homosexualität nicht nur von der Gesellschaft verabscheut wurde, sondern auch noch strafbar war.

Heute kann ich mir gut vorstellen, wie sehr Du damals darunter gelitten hast, dass Dein Vater und ich es nicht akzeptieren konnten und alles unternahmen, es Dir auszutreiben.

Das war ein fürchterlicher, kaum wieder gutzumachender Fehler! Es tut mir heute unendlich leid, dass ich Dich nicht unterstützt habe, zumal Du anfangs wohl auch unter Deiner Veranlagung gelitten hast.

Ich möchte Dich heute von ganzem Herzen um Verzeihung bitten!

Ich wünsche Dir und Deinem Mann alles Gute!

Deine Dich liebende Mutter

PS
Ich wohne seit gut zwei Jahren in einem Altenheim. Die Adresse findest du auf dem Briefumschlag.

Es dauerte fast eine Stunde, bis Frau Wehrmann diesen relativ kurzen Brief geschrieben hatte. Sie gab ihn der Pflegerin mit der Bitte, diesen aufzugeben.

Danach war sie sowohl sehr zufrieden als auch ziemlich erschöpft, so dass sie noch ein kleines Nickerchen machte.

Fünf Tage später kam Frau Schwarz wieder zu ihrer Patientin. Zu ihrer Überraschung saß diese in ihrem Rollstuhl vor dem Haupteingang und las in einer Zeitung.

»Guten Tag, Frau Wehrmann. Sie haben recht, das gute Wetter auszunutzen!«

»Ich grüße Sie, Frau Schwarz! Schön, Sie zu sehen! In der Tat habe ich es bei dem schönen Wetter nicht in meinem Zimmer ausgehalten. Ludmilla, die wieder aus dem Urlaub zurück ist, war so freundlich, mich hinauszuschieben. Ja, die Ludmilla ist wirklich eine ganz reizende Person. Im Grunde sind alle Pflegerinnen sehr nett, aber sie ist noch einmal eine Klasse für sich. Es ist schon bisweilen übermenschlich, was die hier täglich leisten müssen, und es ist wirklich eine bodenlose Unverschämtheit, wie schlecht das Pflegepersonal entlohnt wird. Da hat man selbst als Patient manchmal ein schlechtes Gewissen.«

»Da kann ich Ihnen nur beipflichten. Das Gleiche gilt meines Erachtens auch für Krankenschwestern. Manchmal hat man den Eindruck, dass die Menschen, deren Dienste am wertvollsten und wichtigsten sind, am schlechtesten bezahlt werden.«

»Ja, die Welt ist schon ein wenig verrückt!«

Frau Schwarz hatte wieder selbstgebackene Plätzchen mitgebracht. Frau Wehrmann war hoch erfreut und bat ihre Besucherin: »Ach, bringen Sie mich bitte in mein Zimmer und organisieren Sie zwei Tassen Kaffee, damit wir es uns gutgehen lassen können.«

Frau Schwarz tat das, um was sie gebeten wurde. Während die beiden sich dann die Plätzchen und den Kaffee schmecken ließen, fragte sie: »Haben Sie Ihrem Sohn geschrieben?«

»Ja, gleich am nächsten Tag. Ich bin mal gespannt, ob er auf meinen Brief reagiert. Es war auf jeden Fall eine gute und absolut überfällige Sache. Ich danke Ihnen nochmals, dass Sie mich auf die Idee gebracht haben!«

Dann wollte Frau Schwarz mehr über Frau Wehrmanns verstorbenen Ehemann wissen: »Möchten Sie mir vielleicht ein wenig über den Tod Ihres Mannes erzählen? Natürlich nur, wenn es Ihnen recht ist.«

»Ach wissen Sie, da gibt es gar nicht so viel zu erzählen. Sein Tod kam wie ein Blitz aus heiterem Himmel! Er starb an einem Herzinfarkt. Eines Abends klagte er ganz plötzlich über starke Schmerzen in der Brust und im linken Arm. Noch bevor ich den Notarzt rufen konnte, war er tot. Das war schon ein großer Schock. Er hat übrigens nie geraucht und kaum Alkohol getrunken.«

»Ja, das ist schrecklich, wenn ein lieber Mensch von jetzt auf gleich nicht mehr da ist, wie das bei Ihrem Mann und meinem Sohn der Fall war.«

»Das ist wohl wahr! Ich hätte ihm so gerne noch vieles sagen wollen. Aber das war nun nicht mehr möglich. Allerdings spreche ich noch immer regelmäßig mit ihm. Und ich bin davon überzeugt, dass er das mitbekommt. – Was natürlich auch sehr schlimm war, ist die Tatsache, dass ich von diesem Augenblick an in jeder Beziehung auf mich allein gestellt war. Mein Mann hat sich um so viele Dinge gekümmert. Auf ihn war stets Verlass, wenn es darum ging, etwas im Haus oder im Garten zu richten. Nun brauchte ich immer einen Fremden, der das für mich machte. Erst im Laufe der Jahre habe ich mich in viele Arbeiten reingefuchst, so dass ich immer seltener jemanden brauchte.«

Die Zeit verging. Frau Schwarz fragte noch: »Wollen Sie jetzt nach dem Kaffee etwa kein Zigarettchen rauchen?«

»Nein, ich habe kurz bevor Sie kamen, schon zwei geraucht. Das reicht für heute. Wenn man zu viel raucht, schmecken die Fluppen nicht so gut.«

»Übrigens, liebe Frau Wehrmann, wenn Sie möchten, könnte ich Sie ja mal zum Friedhof fahren, damit Sie das Grab Ihres Mannes aufsuchen können. Wenn ich Ihren Rollstuhl zusammenklappe, passt er gewiss in den Kofferraum.«

»Das ist sehr lieb von Ihnen! Aber das Grab bedeutet mir nichts. Ich war nur ganz selten da. Das, was in dem Grab liegt, sind nur die Reste seiner sterblichen Hülle. Der Geist meines Mannes ist eigentlich überall – insbesondere auch da, wo ich bin. Er ist im Grunde immer in meiner Nähe. Das spüre ich auch gerade jetzt ganz deutlich.«

»Für mich ist das Grab meines Sohnes schon eine wichtige Anlaufstelle. Mindestens einmal pro Woche gehe ich dorthin. Es tut mir immer sehr gut!«

»Ja, jeder muss es so halten, wie er es für richtig hält und wie es ihm hilft.«

In den folgenden Tagen hatte Frau Schwarz so viel um die Ohren, dass sie erst zehn Tage nach ihrem letzten Besuch wieder die Zeit fand, ihre Patientin zu besuchen.

Sie hatte schon ein etwas mulmiges Gefühl, als sie nach dem Anklopfen kein freundliches »Herein!« wie sonst immer vernehmen konnte. Erst glaubte sie, Frau Wehrmann sei vielleicht im Garten oder im Aufenthaltsraum.

Doch als sie das Zimmer betrat, erschrak sie! Frau Wehrmann lag dösend in ihrem Bett und schaute nicht gut aus: Sie war leichenblass und wirkte noch zerbrechlicher als ohnehin.

Frau Schwarz nahm vorsichtig ihre Hand und begrüßte sie leise. Frau Wehrmann öffnete die Augen und rang sich ein leichtes Lächeln ab. Es war das erste Mal, dass Frau Schwarz nicht von diesen leuchtenden, wachen Augen in Empfang genommen wurde. »Geht es Ihnen nicht gut, Frau Wehrmann?«

Frau Wehrmann fiel es nicht leicht zu sprechen. Mit leiser Stimme murmelte sie: »Nein, es geht mir nicht besonders. Seit Tagen habe ich ziemliche Schmerzen im Bauch und kaum Appetit. Außerdem kann ich mich zu nichts aufraffen. – Ich glaube, der Krebs fordert jetzt sein Recht!«

»Das tut mir sehr, sehr leid! Was halten Sie davon, wenn ich unseren Palliativarzt, Herrn Dr. Krause, anrufe. Er hat heute Dienst. Er kann Ihnen gewiss etwas gegen Ihre Schmerzen geben.«

Frau Wehrmann nickte nur.

Eine gute halbe Stunde, nachdem Frau Schwarz Herrn Dr. Krause angerufen hatte, kam er. Er stellte der Patientin einige Fragen und verabreichte ihr dann eine schmerzstillende Spritze. Wenige Minuten später schlief Frau Wehrmann fest ein.

Der Arzt sagte zu Frau Schwarz: »Das schaut gar nicht gut aus. Ich glaube, jetzt kann es jeden Tag so weit sein.« Dann ließen die beiden Frau Wehrmann allein.

Auch an den folgenden Tagen suchte Dr. Krause die Patientin auf, um ihre Medikation zu überprüfen und neu einzustellen. Frau Schwarz kam auch fast täglich vorbei, um nach Frau Wehrmann zu schauen, zumal der Palliativarzt vermutete, dass ihr nicht mehr viel Zeit bleiben würde.

Frau Wehrmann döste meistens nur so vor sich hin. Zu Gesprächen kam es nicht. Frau Schwarz blieb jeweils nur kurze Zeit, in der sie ihr aus der Bibel vorlas und Gebete sprach.

Eines Tages schien es Frau Wehrmann wieder etwas besser zu gehen. Unmittelbar nach der Begrüßung sagte sie mit leiser Stimme: »Ich bin immer so schrecklich müde. Nachts habe ich ganz wirre Träume. Ich glaube, es liegt an den Schmerzmitteln. Sie sind wohl zu stark dosiert.«

»Möchten Sie, dass ich mit Dr. Krause spreche?«

»Ja bitte, unbedingt! So macht das keinen Sinn. Ich verschlafe ja noch meinen eigenen Tod!«

Noch am gleichen Abend kam Dr. Krause vorbei. Auf Frau Wehrmanns Wunsch reduzierte er die Dosis der Schmerzmedikation.

Immer häufiger musste Frau Wehrmann in diesen Tagen an ihren Sohn denken. Sie war schon ein wenig enttäuscht, dass er nicht auf ihren Brief reagiert hatte.

»Ich kann den Jungen ja verstehen«, dachte sie. »Es ist einzig und allein meine Schuld, dass er jetzt nichts mehr von mir wissen will.«

Als Frau Schwarz an einem der nächsten Tage an die Zimmertür klopfte, konnte sie zu ihrer Freude wieder ein beschwingtes »Herein!« vernehmen.

Frau Wehrmann saß in ihrem Bett und schaute wieder etwas besser aus.

»Hallo, Frau Wehrmann! Ihnen scheint es ja heute wieder viel besser zu gehen.«

»Ja, das stimmt! Dr. Krause hat die Schmerzmedikation ausgesetzt. Obwohl ich schon seit zwei Tagen nichts mehr injiziert bekommen habe, halten sich meine Schmerzen in gut erträglichen Grenzen. Es lag wohl wirklich an den Schmerzmitteln, dass ich immer so schrecklich müde war! Nun bin ich wieder im Hier und Jetzt. Nun bin ich wieder Herr in meinem maroden Körper.«

Frau Schwarz kamen vor Freude die Tränen. Sie nahm ihre Patientin in den Arm und sagte: »Das freut mich so sehr für Sie! Sie sind ja ein richtiges Stehaufmännchen!«

»Wenn schon, dann ein Stehauffrauchen!«, lachte Frau Wehrmann, deren Augen fast wieder so leuchteten wie vor Wochen. »Sie wissen doch: Unkraut vergeht nicht!«

Die beiden unterhielten sich noch eine ganze Weile über Gott und die Welt.

Am nächsten Tag klopfte es an Frau Wehrmanns Zimmertür. Ein Mann trat ein.

Frau Wehrmann konnte es nicht glauben: Es war Herr Huth.

»Guten Tag, Herr Huth! Was führt denn Sie in meine bescheidenen vier Wände?«

»Guten Tag, liebe Frau Wehrmann. Ich habe soeben einen Patienten besucht, der auch in diesem Heim lebt. Und da kam mir der Gedanke, dass ich doch mal bei Ihnen vorbeischauen sollte.«

»Das ist ja ganz reizend! Nehmen Sie doch bitte Platz!«

Die beiden plauderten eine ganze Weile. Dann meinte Frau Wehrmann: »Ich hoffe, Sie haben es mir damals nicht übel genommen, dass ich Sie in gewisser Weise abgelehnt habe.«

»Nein, wirklich nicht! Natürlich war ich ein wenig enttäuscht. Aber mir war auch klar, dass ich mich in mancherlei Hinsicht ungeschickt verhalten habe. Ich war zu diesem Zeitpunkt noch recht unerfahren und ziemlich unsicher, so dass ich in das eine oder andere Fettnäpfchen hineingetappt bin. – Im Hospizkreis unterhalten wir uns häufig über unsere Begleitungen. So weiß ich natürlich auch, dass die Christina Sie seit geraumer Zeit besucht und dass Sie mit ihr gut zurechtkommen. Christina spricht über Sie immer in den höchsten Tönen.«

»Ja, Frau Schwarz ist eine großartige Person! Ich mag sie sehr! – Übrigens, ich muss immer noch an den fabelhaften Witz mit den drei Pfarrern und den Tauben, den Sie mir erzählt haben, denken. Einfach köstlich! Ich habe ihn schon dem ganzen Personal hier im Heim und auch dem Pfarrer erzählt. Einige haben ihn nicht auf Anhieb verstanden. Aber das macht ja gerade einen guten Witz aus, dass er auch ein wenig zum Denken anregt.«

Die beiden plauderten noch eine ganze Zeit lang, bevor sich Herr Huth verabschiedete.

In den nächsten drei Wochen wartete Frau Wehrmann vergeblich auf ihre Begleiterin. Sie hatte sich schon Sorgen gemacht. Da sie nicht ungeduldig erscheinen wollte, verzichtete sie darauf, Frau Schwarz oder im Hospizverein anzurufen.

Doch am folgenden Sonntagmorgen erschien ihre Begleiterin wieder. »Hallo Frau Schwarz! Ich habe Sie sehr vermisst und mir schon Sorgen gemacht. Ist alles gut bei Ihnen?«

Frau Schwarz brach in Tränen aus: »Der Krebs ist wieder da! Mir war in den letzten Wochen immer so übel. Außerdem hatte ich teilweise Schmerzen und viel Gewicht verloren. Daraufhin bin ich zum Arzt gegangen. Die Untersuchung ergab, dass der Krebs wieder aufgebrochen ist. Aber mein Arzt hat mir Hoffnung gemacht, dass ich die Krankheit auch dieses Mal wieder in den Griff bekommen kann.«

Frau Wehrmann setzte alles daran, ihre Begleiterin zu trösten und ihr ein wenig Mut zu machen. Dann sagte sie: »Vermutlich werden Sie zukünftig nicht mehr die Muße haben, mich regelmäßig zu besuchen.«

»Ich kann Ihnen keine Versprechungen machen. Aber so lange meine Beschwerden nicht schlimmer werden, werde ich Sie gewiss noch besuchen.«

»Das würde mich natürlich sehr freuen. Allerdings könnte ich es gut verstehen, wenn Sie jetzt von Ihrer Aufgabe zurücktreten würden.«

»Wir werden sehen! Auf jeden Fall möchte ich heute nicht lange bleiben, zumal ich noch kochen muss.«

»Was gibt es denn heute bei Ihnen Gutes?«
»Heute koche ich mein absolutes Lieblingsgericht: Gulasch mit Knödeln und Rotkraut.«

Frau Wehrmann sagte zunächst nichts. Doch dann konnte sie sich eine Bemerkung nicht verkneifen: »Wie Sie, liebe Frau Schwarz wissen, mag ich es gar nicht, wenn mir jemand sagt, was für mich gut und richtig ist. Deswegen gebe ich anderen Menschen in dieser Richtung auch niemals Rat. Erst recht mache ich Ihnen keine Vorschriften. Aber nachdem Sie mich vor ein paar Wochen auf die Schädlichkeit meines Rauchens hingewiesen haben, geniere ich mich jetzt nicht, Sie auch auf etwas aufmerksam zu machen.«
»Nur zu! Was meinen Sie?«

»Es geht um Ihr Gulaschgericht. Meiner Meinung nach ist Fleisch alles andere als förderlich, gerade wenn man Krebs hat. Da sollte man den Genuss von Fleisch schon sehr einschränken, am besten ganz darauf verzichten.«
»Das kann ich nicht so ganz nachvollziehen. Fleisch ist doch ein Stück Lebenskraft!«

»Ja, Fleisch ist ein Stück Lebenskraft – aber nur dann, wenn es sich an einem lebenden Tier befindet! Kann es sein, dass Sie sich da von der Werbung umgarnen lassen haben?«

»Also, auf Fleisch und Wurst kann ich nicht verzichten. Ich brauche es nicht jeden Tag, aber schon mehrmals pro Woche. Dass Fleisch nicht so gesund sein soll, habe ich noch nie gehört. – Natürlich finde ich es auch nicht toll, unter welchen elenden Bedingungen das Schlachtvieh zu einem großen Teil gehalten wird. Da darf man gar nicht dran denken, sonst schmeckt einem das Fleisch nicht mehr!«

»Dieser ethische Aspekt kommt noch hinzu! Als ich vor rund zwanzig Jahren mal eine Dokumentation über die Masttierhaltung und die Bedingungen in den Schlachthöfen im Fernsehen gesehen habe, bin ich von einem Tag auf den anderen Vegetarierin geworden. Diese Verantwortung an dem Leid dieser Geschöpfe möchte ich nicht mittragen.«

Dann verstummte das Gespräch für ein paar Minuten.

Frau Schwarz griff es wieder auf: »Darf ich Ihnen mal eine ganz intime Frage stellen?«

»Ja, nur zu! Raus damit!«

»Haben Sie eigentlich Angst vor dem Tod?«

Frau Wehrmann lächelte: »Angst? Nein! Warum sollte ich Angst vor dem Tod haben? Es sind schon Milliarden Menschen gestorben. Die meisten waren auch nicht gescheiter als ich und haben es trotzdem geschafft! Also, jetzt mal ganz im Ernst: Warum sollte ich Angst haben? – Natürlich möchte ich in meiner Sterbephase nicht stark leiden müssen, aber mit Angst hat das nichts zu tun. Angst ist nie ein guter Ratgeber.«

»Glauben Sie an ein Leben nach dem Tod?«, wollte Frau Schwarz wissen.

»Ja, natürlich! Da habe ich nicht den geringsten Zweifel. Glauben Sie etwa nicht daran?«

»Als Christin glaube ich im Grunde schon daran. Aber es quälen mich immer wieder Bedenken. Irgendwie kann ich es mir auch nicht richtig vorstellen, wie man ohne seinen Körper weiterleben könnte. In meiner Hospizausbildung hat einmal eine evangelische Pfarrerin über dieses Thema referiert. Sie vertrat die Auffassung, dass es nach dem Tod kein Bewusstsein mehr gäbe und dass die Toten erst am Jüngsten Tage wieder zum Leben auferweckt würden. Die Katholiken sehen das, glaube ich, anders.«

»Also, das, was die Pfarrerin da von sich gegeben hat, halte ich für einen Unsinn. Ich habe schon etliche Bücher, die von dem Leben nach dem Tod handeln, verschlungen. Ich gebe zu, dass einiges, was die Autoren schreiben, etwas nebulös oder zumindest spekulativ sein mag. – Dass die Seele nach dem Tod auch ohne den Körper weiterleben kann, ist für mich Fakt. In der Natur können wir dafür ein sehr schönes Gleichnis finden: Betrachten

Sie einen Schmetterling. So wie dieser farbenfrohe Falter sich der Puppe entledigt und sich in die Lüfte schwingt, befreit sich unsere Seele im Augenblick des Todes vom Körper, den sie als Leichnam zurücklässt, um sich in eine andere Welt aufzuschwingen. Nicht die Puppe ist das Wesentliche, sondern der Schmetterling!«

»Das ist wirklich ein sehr schöner Vergleich! – Verbinden Sie konkrete Vorstellungen mit dem, was uns nach dem Tod erwartet?«

»Ich habe da viele mehr bildhafte Vorstellungen in meinem Kopf, die ich aber nicht in Worte kleiden kann. Sicher ist für mich, dass wir dann wieder mit den Menschen, die uns im Leben nahestanden und uns vorausgegangen sind, ein Zusammensein pflegen werden.«

»Das wäre ja großartig, wenn ich nach meinem Tod meinen geliebten Sohn wiedertreffen würde!«

»Davon können Sie ausgehen. – Übrigens, haben Sie schon einmal über die Reinkarnation nachgedacht oder zumindest davon gehört?«

»Sie meinen, ob die Menschen mehrere Leben auf der Erde verbringen werden?«

»Ja, genau!«

»Also, wirklich nachgedacht habe ich darüber noch nicht. Ich glaube es auch nicht. Glauben Sie daran?«

»Auch über dieses Thema habe ich schon viel gelesen. Eine endgültige Meinung habe ich mir noch nicht gebildet. Allerdings halte ich es für sehr wahrscheinlich. Meines Erachtens kann man nur dann von göttlicher Gerechtigkeit sprechen, wenn man die menschliche Existenz über viele Erdenleben betrachtet. Aber lassen wir das! Ich glaube, es ist nicht so ganz Ihr Thema.«

Frau Schwarz nickte und war froh, dass Frau Wehrmann nicht auf einer Diskussion über die Reinkarnation beharrte.

Die beiden Damen plauderten anschließend noch ein paar Minuten über eher belanglose Dinge, bis sie sich voneinander verabschiedeten.

In den folgenden knapp drei Wochen erschien Frau Schwarz nicht bei ihrer Patientin. Frau Wehrmann hatte kein gutes Gefühl und machte sich ernsthafte Sorgen. Schließlich wollte sie Gewissheit und griff zu ihrem Handy.

In genau diesem Augenblick klopfte es an ihrer Tür. Frau Wehrmann sagte: »Herein, wenn's nicht der Tod ist!« Der Mann trat ein und konnte sich ein Lachen nicht verkneifen. Es war Herr Altmann, der Einsatzleiter des Hospizvereins.

»Guten Abend, Frau Wehrmann. Schön, dass Sie sich Ihren Humor bewahrt haben. Bitten Sie jeden mit diesem Spruch herein?«

»Nein, nur wenn ich mir sicher bin, dass Sie vor der Tür stehen«, sagte Frau Wehrmann lachend.

»Ich fürchte, es gibt keinen erfreulichen Grund für Ihren Besuch.«

»Das ist leider wahr. Sie werden sicherlich schon Frau Schwarz vermisst haben.«
»Ja, allerdings! Was ist mir ihr?«

»Ich habe leider keine guten Nachrichten. Wie Sie, glaube ich, schon wissen, ist vor einigen Monaten der Krebs bei ihr wieder aufgebrochen. In den letzten Wochen ging es mit ihr rapide bergab. Sie ist seit zehn Tagen im Krankenhaus. Man muss das Schlimmste befürchten. Da ihr Mann gesundheitlich auch sehr stark eingeschränkt ist, wird sie nach der Entlassung aus dem Krankenhaus wohl in ein Pflegeheim müssen. Also, mit ihren Besuchen können Sie leider nicht mehr rechnen.«

»Das tut mir sehr, sehr leid! Wir haben uns sehr gemocht und geschätzt. Wenn Sie sie sehen sollten, richten Sie ihr bitte meine allerherzlichsten Grüße aus. Und sagen Sie ihr bitte, dass ich mit meinen Gedanken und in meinen Gebeten immer bei ihr bin. Sagen Sie ihr auch bitte nochmals herzlichen Dank für ihre Unterstützung und ihre vielen Besuche.«
»Das werde ich gerne ausrichten. – Nun aber zu Ihnen. Wünschen Sie, dass ich Ihnen einen neuen Begleiter schicke.«

Frau Wehrmann überlegte einen Augenblick und sagte dann: »Nein, vielen Dank, Herr Altmann! Im

Moment nicht! Ich trage die vielen schönen Gespräche und Erlebnisse mit Frau Schwarz noch tief in mir. Da ist noch kein Platz für Gespräche mit einem anderen Menschen. – Aber vielleicht komme ich später darauf zurück, falls es für mich dann noch nicht zu spät ist.«

»Ja, so machen wir das, Frau Wehrmann. Sobald Sie wieder eine Begleitung möchten, melden Sie sich bei mir. Ich wünsche Ihnen alles Gute! Auf Wiedersehen!«

Frau Wehrmann war ganz traurig, dass es ihrer neuen Freundin so schlecht ging und dass sie diese wohl nie mehr wiedersehen würde.

Gut eine Woche nach Herrn Altmanns Besuch betrat eine junge Praktikantin Frau Wehrmanns Zimmer, die sie bisher noch nicht kennengelernt hatte.

In den Händen trug die junge Dame frisches Bettzeug, mit dem sie sich anschickte, das zweite Bett zu beziehen.

»Guten Morgen, Frau Wehrmann. Sie bekommen heute eine neue Mitbewohnerin.«

»Das freut mich! Ich hoffe, dass wir uns gut verstehen und dass ich mich mit ihr angeregt unterhalten kann.«

»Ich weiß nicht! Der Dame geht es nicht so gut.«

Eine halbe Stunde später ging die Tür wieder auf. Zwei Pflegerinnen schoben eine ältere Dame in einem Rollstuhl ins Zimmer.

Frau Wehrmann schaute zweimal hin, rieb sich die Augen und konnte es gar nicht glauben: Ja, tatsächlich, es war ihre Begleiterin und Freundin Christina Schwarz! Auch Herr Schwarz war dabei. Er machte einen recht gebrechlichen Eindruck und musste von einer Pflegerin etwas gestützt werden.

»Hallo, Frau Schwarz! Sind Sie es wirklich?«

Frau Schwarz schaute ihre ehemalige Patientin nur mit müden und traurigen Augen an und nickte. Ihr Mann stellte sich ihr kurz vor. Er machte einen höchst verzweifelten und überforderten Eindruck.

Da Frau Wehrmann sofort gewahr wurde, wie schlecht es ihrer neuen Zimmergenossin ging, hielt sie sich mit weiteren Fragen und Bemerkungen zurück.

Nachdem Frau Schwarz in ihr Bett gelegt wurde, betrat der Palliativarzt Dr. Krause, den Frau Wehrmann ja schon gut kannte, das Zimmer. Er hantierte ein wenig herum. Ganz offensichtlich schloss er Frau Schwarz an eine Schmerzpumpe an.

Bevor sich der Arzt verabschiedete, wandte er sich noch an Frau Wehrmann: »Hallo, Frau Wehrmann, wie schaut es bei Ihnen mit Schmerzen aus. Brauchen Sie eine Medikation?«

»Nein danke! Die Schmerzen sind nicht der Rede wert.«

»Das ist gut so! Aber wenn es schlimmer wird, melden Sie sich bitte. Sie können mich über den Hospizverein erreichen. Aber im Grunde ist dieser Weg nicht nötig, da ich jetzt ohnehin täglich nach Frau Schwarz schauen werde.«

Herr Schwarz blieb noch eine Weile am Bett seiner Frau, die schon bald einschlief.

Kurz danach kam Frau Handtke, die Stationsleiterin, ins Zimmer und wandte sich an Frau Wehrmann: »Ich hoffe, es ist für Sie in Ordnung, dass Sie sich nun mit Frau Schwarz das Zimmer teilen. Sie kennen sich ja schon sehr gut, und es war ihr ausdrücklicher Wunsch, in dieses Heim und dieses Zimmer gebracht zu werden.«

»Ja, selbstverständlich ist das in Ordnung! Ich freue mich sehr. Frau Schwarz tut mir so unendlich leid! Vielleicht gelingt es mir, sie ein wenig aufzumuntern.«

Doch das war nicht so einfach! Auch an den nächsten Tagen dämmerte Frau Schwarz meistens nur so vor sich hin. Im Grunde war sie kaum ansprechbar. Obwohl es sie viel Mühe kostete, las Frau Wehrmann ihr mehrmals täglich kurze Passagen aus der Bibel vor und sprach Gebete für sie.

Es hatte so etwas wie ein Rollentausch stattgefunden: Jetzt war Frau Schwarz die Patientin und Frau Wehrmann ihre Begleiterin!

Monika Wehrmann investierte mit großer Hingabe ihre gesamte Lebenskraft, die ihr noch geblieben war, um ihrer ehemaligen Begleiterin ihre letzten Tage zu erleichtern und ihr ein wenig die Angst vor dem Sterben zu nehmen.

Als Herr Dr. Krause wieder einmal nach Frau Schwarz schaute, meinte Frau Wehrmann: »Die Situation, in der meine Zimmergenossin ist, erinnert mich stark an die, in der ich vor Wochen war. Sie döst den ganzen Tag nur vor sich hin. Wäre es nicht vielleicht möglich, die Schmerzmedikation zu verringern, so wie Sie das damals bei mir auch gemacht haben?«

»Die richtige Dosis zu finden, ist immer eine Gratwanderung. Ich fürchte, dass Frau Schwarz sehr starke Schmerzen haben wird, wenn ich die Dosis reduziere. Bei Ihnen war das etwas anderes. Sie haben Ihren Willen kundgetan, lieber etwas Schmerzen zu ertragen, als zu schläfrig zu sein. Frau Schwarz ist ja nicht ansprechbar. Also kann sie ihren Willen nicht äußern. Eine Patientenverfügung liegt nicht vor. Das ist dann für einen Arzt eine schwierige Entscheidung. Außerdem glaube ich, dass Menschen in diesem Bewusstseinszustand viel mehr mitkriegen, als viele denken.«

»Davon bin ich auch überzeugt. Aber es ist eben kein wirklich bewusstes Erleben. Also, ich möchte meinen eigenen Tod nicht verschlafen.«

Dr. Krause überlegte einen Augenblick und sagte dann: »Da sind Sie wohl eine Ausnahme. Die meisten Patienten wollen bei ihrem Übergang lieber in einem dämmerhaften Zustand sein, als Schmerzen und Todesängste aushalten zu müssen.«

In diesem Augenblick kam Herr Schwarz ins Zimmer. Dr. Krause bat ihn auf ein Wort in den Flur und berichtete von dem Gespräch, das er mit Frau Wehrmann soeben geführt hatte. Dann fragte er: »Sie kennen Ihre Frau besser als jeder andere sie kennt. Was glauben Sie, wie sie sich entscheiden würde, wenn sie ihren Willen artikulieren könnte?«
Herr Schwarz meinte: »Ich weiß es nicht wirklich! Wir haben uns über solche Fragen nie besprochen. Das war nie ein Thema für uns. – Ich denke, man muss kein Arzt sein, um erkennen zu können, dass meiner Frau nicht mehr viel Zeit vergönnt sein wird. Und ich würde mich noch so gern von ihr verabschieden.«

Der Arzt nickte: »Es sind eher Tage als Wochen, die Ihrer Frau noch bleiben. Ich werde die Dosis der Schmerzmittel reduzieren. Vielleicht kann sie ihre Schmerzen aushalten. Sie dürfte dann schon morgen, spätestens übermorgen wieder etwas wacher und ansprechbar sein.«

Als Frau Wehrmann am nächsten Morgen aufwachte, nahm sie gleich wahr, dass Frau Schwarz sie anlächelte.
»Guten Morgen, liebe Frau Schwarz! Wie geht es Ihnen? Haben Sie Schmerzen?«

Frau Schwarz schüttelte den Kopf. Dann sagte sie mit leiser, schwacher Stimme: »Sie glauben ja gar nicht, was ich alles erlebt habe und welchen Menschen ich begegnet bin! Es muss wohl ein besonders intensiver Traum gewesen sein, da diese Menschen alle schon tot sind. Ich glaube, ich war schon im Himmel oder zumindest am Himmelstor. Dann habe ich immer wieder farbenprächtige Schmetterlinge gesehen, die sich aus der Puppe herausschälten und in die Lüfte erhoben. – Jetzt habe ich auch keine Angst mehr zu sterben. Ich bin jetzt bereit zu gehen.«

»Sie haben gewiss schon einen kleinen Einblick in die geistige Welt bekommen und haben erkennen können, dass das, was uns nach dem Tod erwartet, nichts Schlimmes ist.«

Zwei Stunden später betrat Herr Schwarz das Zimmer und setzte sich ans Bett seiner Frau, nachdem die beiden sich herzlich begrüßt hatten.

Herr Schwarz konnte langsam realisieren, dass seine Frau nicht mehr lange leben würde. Allerdings konnte er es immer noch nicht akzeptieren. So versuchte er, seine Hoffnung, dass es vielleicht doch noch zu einer Gesundung kommen könnte, auf seine Frau zu übertragen.

Frau Schwarz nahm ihrem Mann gleich den Wind aus den Segeln: »Mein lieber Heinz! Wir sollten uns nichts vormachen. Ich werde bald dahin gehen, wo unser Sohn ist. Darauf freue ich mich schon sehr. Auch du wirst eines Tages wieder mit uns vereint sein. Ich danke dir von Herzen für die schöne Zeit, die ich mit dir verbringen durfte. Sei nicht traurig!«

Herr Schwarz, der sich nur mit Mühe seine Tränen verbeißen konnte, sagte: »Liebste Tina! Ich bin unendlich traurig, dass du gehen musst. Aber vielleicht hast du ja recht, dass wir uns eines Tages wiedersehen werden. Auch ich danke dir für die schönen gemeinsamen Jahre.«

Herr Schwarz hielt noch lange Zeit schweigend die Hände seiner Frau. Nach einigen Stunden meinte sie: »Lieber Heinz, du kannst jetzt ruhig nach Hause fahren. Und mache dir keine Sorgen!«

Die beiden umarmten und küssten sich inniglich. Dann verabschiedete sich Herr Schwarz.

Am späten Abend des gleichen Tages – Frau Wehrmann schlief schon – wurde Frau Schwarz etwas unruhig, wodurch ihre Zimmergenossin aufwachte. »Was ist los, Frau Schwarz? Geht es Ihnen nicht gut? Was kann ich tun?«

»Ich glaube, es ist jetzt jeden Moment so weit. Mein Sohn war eben hier. Er will mich abholen.«

Frau Wehrmann war jetzt hellwach. Sie schleppte sich ans Bett der Sterbenden, hielt ihre Hand und fragte: »Soll ich einen Arzt oder Ihren Mann verständigen?«

»Nein, lassen Sie den Heinz schlafen. Der benö-
tigt in den nächsten Tagen viel Kraft. Und einen
Arzt brauche ich nicht mehr. Für einen Priester ist
es leider schon zu spät.«

Frau Wehrmann nahm die Prophezeiung sehr ernst.
Dann erinnerte sie sich an ein sehr schönes Sterbe-
gebet, das sie vor einiger Zeit mal entdeckt hatte
und auswendig kannte.

Dieses Gebet sprach sie jetzt laut.

O mein Herr und mein Gott!
In Deine Hände befehle ich meinen Geist.

Der Du mich durch dieses Erdenleben getragen,
der Du Deinen Engel als Führergenius mir gabst,
der mich von Kindesbeinen an durch alle
Schicksalsprüfungen dieses Lebens geführt.

Heiliger Engel, breite Deine schützenden Schwingen
in dieser Stunde über mich.
Führe mich zu Christus,
meinem göttlichen Führer.

Christus lebe in mir,
Christus walte in mir.
Christus trage mein Ich
sicher über die Todesschwelle
in den Sternenraum,
dass meine Seele ihren Sternenort finde,
den Gott für sie bereitet hat.

Deine Liebe, o Gott,
hülle ihre schützenden Schwingen
um meine Seele
und führe mich in das Licht
zu meinem Gottesstern.

In Christus befehle ich meinen Geist,
jetzt und in Ewigkeit.

Amen [1]

Frau Schwarz lauschte mit geschlossenen Augen und hatte dabei einen ganz friedlichen, geradezu seligen Gesichtsausdruck.

Kurz danach machte sie noch in großem Abstand zwei, drei tiefe Atemzüge.
Dann überschritt sie die Schwelle des Todes...

In den folgenden Tagen ging es Frau Wehrmann sehr schlecht.
Zum einen war sie sehr traurig, dass ihre Bettnachbarin, die sie recht in ihr Herz geschlossen hatte, gestorben war. Zum anderen verspürte sie kaum noch Lebenskräfte. Sie hatte keinen Appetit mehr und konnte ihrem irdischen Dasein nicht mehr viel abgewinnen. Die Stationsleiterin bot Frau Wehrmann an, sie in ihrem Auto mit zur Beerdigung von Frau Schwarz zu nehmen. Aber auch dazu fühlte sie sich nicht mehr in der Lage.

Es gab allerdings noch einen Gedanken, der sie sehr beschäftigte und quälte: »Es ist unendlich traurig, dass ich mich nicht mehr mit meinem Sohn aussprechen konnte. Die Schuld, die ich vor Jahren auf mich geladen habe, muss ich wohl mit in die jenseitige Welt tragen.«

Aber irgendwie schien sie die Hoffnung, dass es doch noch zu einer Versöhnung kommen könnte, daran zu hindern, die Schwelle des Todes zu überschreiten.

Am übernächsten Tag – es war ein Samstag – klopfte es an ihrer Tür. Mit kaum hörbarer Stimme sagte sie: »Herein, wenn's der Tod ist!«

Ein Mann betrat das Zimmer.

Frau Wehrmann riss ihre Augen weit auf und konnte es gar nicht fassen: Es war ihr Sohn!

Hermann Wehrmann umarmte und begrüßte seine Mutter: »Grüß dich, Mutter! Ich freue mich, dich zu sehen.«

»Mein lieber Sohn, bist du es wirklich? Ich kann es gar nicht glauben. Schon lange war ich nicht mehr so aufgeregt und glücklich zugleich! – Du schaust toll aus!«

Beiden rannen die Freudentränen die Wangen hinunter.

»Entschuldige liebe Mutter, dass ich mich nicht sogleich auf deinen Brief gemeldet habe. Ich wollte dich nicht anrufen und dir nicht schreiben, weil ich dich mit meinem Besuch überraschen wollte. Eigentlich wäre ich schon viel eher gekommen. Aber erst hatte ich eine schwere Grippe, dann war mein Mann krank, so dass ich ihn nicht allein lassen wollte. Auch jetzt geht es ihm noch nicht so gut.«

Frau Wehrmann wollte die Hände ihres Sohnes gar nicht mehr loslassen und sagte: »Das ist doch nicht schlimm! Ich bin so glücklich, dass du jetzt da bist. Es war eine fürchterliche Vorstellung, sterben zu müssen, ohne dich vorher noch einmal zu sehen. Jetzt kann ich mich beruhigt von der Erdenwelt verabschieden. Jetzt hält mich hier nichts mehr zurück.«

Dann versuchte sie, ihrem Sohn nochmals die Beweggründe für ihr damaliges Fehlverhalten zu verdeutlichen.

»Ja, ich habe euer Verhalten auch nicht verstanden. Ich habe zeitweise wirklich gelitten wie ein Hund! Aber jetzt kann ich wenigstens ein bisschen nachvollziehen, warum Papa und du so reagiert habt. – Wie auch immer: Ich verzeihe dir! Es ist alles gut!«

Frau Wehrmann war ganz selig.

»Ich wollte eigentlich heute Abend nach Hause fliegen. Aber da es dir so schlecht geht, bleibe ich gern noch ein, zwei Tage«, meinte Herr Wehrmann.

»Nein, nein, fliege du mal heute wieder schön zu deinem Mann! Ich komme allein zurecht. Jetzt ist alles in bester Ordnung!«

Die beiden unterhielten sich noch etwa zwei Stunden, bevor sie sich herzlich voneinander verabschiedeten. Mutter und Sohn war klar, dass sie sich in diesem Leben nicht mehr wiedersehen würden.

In der Tat ging Monika Wehrmann noch in der gleichen Nacht ganz friedlich durch die Pforte des Todes...

*Der Tod ist schrecklich oder kann wenigstens
schrecklich sein für den Menschen,
solange er im Leben weilt.*

*Wenn der Mensch aber durch die
Pforte des Todes gegangen ist
und zurückblickt auf den Tod,
so ist der Tod das schönste Erlebnis,
das überhaupt im menschlichen
Kosmos möglich ist.*

Rudolf Steiner [2]

Quellennachweise

1 Das Gebet ist entnommen aus dem Buch *»Begegnungen mit dem Tod – Geschichten von Sterben, Tod und Abschiednehmen«* von Gudrun Stoewer. (Der Verfasser des Gebetes ist nicht bekannt.)

2 Dieser Spruch von Dr. Rudolf Steiner ist dem Buch *»Menschenschicksale und Völkerschicksale«, S. 188* entnommen.

Umfassende Informationen
zu vielen weiteren spannenden und
informativen *spirituellen* Büchern
mit ausführlichen Leseproben
finden Sie auf meiner
offiziellen Autoren-Website:

www.Justen-Buecher.com